tredition®

XXY

Mein neuer Sohn

Annette Schone & Jan Himmelspach

© 2019 Annette Schone

Verlag und Druck: tredition GmbH, Halenreie 40-44, 22359 Hamburg

ISBN
Paperback: 978-3-7482-7957-0
Hardcover: 978-3-7482-7958-7
E-Book: 978-3-7482-7959-4

Das Werk, einschließlich seiner Teile, ist urheberrechtlich geschützt. Jede Verwertung ist ohne Zustimmung des Verlages und des Autors unzulässig. Dies gilt insbesondere für die elektronische oder sonstige Vervielfältigung, Übersetzung, Verbreitung und öffentliche Zugänglichmachung.

Für unsere Familie

*»Da gibt es eine Stimme,
die keine Worte
benutzt –
höre ihr zu«*
RUMI

Inhalt

Vorwort..8

Die unsichtbare Nabelschnur 15

Was ist mit meinem Kind los? 31

An einem anderen Ort..49

Keiner von euch 74

Hoffnungsschimmer...114

Drei Schritte vor, einer zurück 146

Ein langer Weg durch die Dunkelheit 158

Ein erster Schritt zum Licht 186

Eine Nachricht, die alles verändert 205

Diagnose: Klinefelter-Syndrom 218

Geleitwort der behandelnden Urologin...........230

Nachwort..232

Vorwort

Mutterliebe ist ein komplexes Wort für eine komplexe Beziehung. Es beschreibt die Bindung einer Mutter zu ihrem Kind. Ihr werden nahezu magische Kräfte zugesprochen. So groß ist diese Kraft, dass sie auf andere manchmal sogar befremdlich wirkt. Neun Monate wächst ein Kind im Körper einer Mutter heran, die Bindung, die dabei entsteht, wird in den folgenden Monaten durch das Stillen noch intensiviert. In vielen Fällen hält diese Bindung ein Leben lang und schenkt dem Kind das Urvertrauen, das es braucht, um sich furchtlos und voller Neugier auf die Welt einzulassen.

Mutterliebe ist exklusiv. Sie umfasst nur Mutter und Kind(er) und löst in anderen Menschen manchmal sogar Unverständnis aus. Dann wird davon gesprochen, dass sie »erdrückend« ist und das Zerrbild einer dominanten und überbehütenden Mutter wird bemüht.

Als sich mein Sohn Jan 1986 ankündigte, strahlte ich vor Glück. Ein Wunschkind. Damals lebte ich in Berlin, war jung, lebenslustig und hatte eine tolle Partnerschaft. Ein Kind, so glaubte ich, so hoffte ich, würde unser Glück noch perfekter machen. Leider lässt sich Glück nicht planen und schlimmer noch: Unglück lässt sich nicht vermeiden. Das Schicksal schlägt zu, wann und wo es will, und wählt dazu die außergewöhnlichsten Wege.

Jan war nicht wie andere Kinder. Die Welt, in die er da hineingeboren wurde, war entschieden zu groß. Er kam fünf Wochen zu früh auf die Welt, die Geburt und die Wochen danach waren geprägt von völliger Überforderung und starkem Stress. Auch danach stellte sich keine Besserung ein. Er weinte und schrie viel. Der Schlafmangel zerrte an meinen Nerven und aus dem ausgemalten Glück wurde eine ziemlich anstrengende Realität. Trotzdem oder gerade deswegen war ich erfüllt von Liebe zu meinem Sohn. Die Liebe, die ich zu ihm empfand und immer noch empfinde, ist einzigartig. Sie war es, die mich und ihn durch die folgenden Jahre und Jahrzehnte trug.

Als ich damals mit meinem weinenden Kind

im Kinderwagen durch die Straßen Westberlins lief, ahnte ich noch nicht, welche Herausforderungen das Muttersein für mich bereithalten sollte. Mein Kind war zwar zu früh auf die Welt gekommen und fand sich mit dem, wie sich das Leben für ihn darstellte, nicht zurecht. Doch er war gesund, lebhaft und aufgeweckt. Ich war mir sicher, dass Jan sich nach ein wenig Eingewöhnungszeit prima mit dieser Welt arrangieren würde.

Dass etwas mit ihm nicht stimmte, erfuhr ich erst einige Jahre später. Und den wahren Grund für all den Kummer, den wir während seiner Kindheit, Jugend und dem frühen Erwachsenenalter erlitten hatten, sogar noch viel später – kurz vor Jans 30. Geburtstag.

Zwischen seiner Geburt und dem Wissen um seine Diagnose liegen drei Jahrzehnte unglaublicher innerer und äußerer Konflikte, die uns beide an den Rand der völligen Erschöpfung trieben. Ich liebte mein Kind und musste doch hilflos zusehen, wie es sich in dieser Welt immer weniger zurechtfand. Als alleinerziehende Mutter gab ich mir selbst die Schuld daran; ein Gefühl, das von meiner Umgebung, Freunden und Familie noch verstärkt wurde.

Meine Beziehung zu Jan sei zu intensiv und zu nah, teilte man mir mit. Das gaben »Experten« als Grund dafür an, dass Jan zu Aggressionen und Verhaltensauffälligkeiten neigte und in der Schule Probleme hatte. Als Alleinerziehende lag es nahe, dass meine Lebensverhältnisse seine Probleme verursachten, immerhin war ich auch noch berufstätig. Jan wurde als minderbegabt eingestuft, er musste auf die Sonderschule wechseln und geriet in einen Strudel aus Ausgrenzung, Gewalt, Sucht und Scheitern. Etwas in ihm wollte einfach nicht hineinpassen in diese Welt, wie sie war.

»Manche Kinder sind einfach so«, hieß es. Keiner fand eine Erklärung für Jans Auffälligkeiten und Wahrnehmungsstörungen. Ich sollte mich von meinem Kind lösen, es wegschicken, den Kontakt einschränken, strenger sein und Grenzen setzen, so lautete der einhellige Rat der Experten. Doch in mir sprach stets eine starke Stimme, die mir unmissverständlich zu verstehen gab, dass

Jan mich brauchte. Ich war sein Anker, sein Motor, in einer Welt, die er nicht verstand und die ihn nicht akzeptierte. Tief in mir wusste ich immer, dass es eine Lösung, eine Erklärung für das gab, was geschah, selbst wenn es völlig ausweglos erschien. Die Ängste und der Kummer, den ich um meinen Sohn ausstand, sind kaum vorstellbar, waren fast nicht zu ertragen. Mehr als einmal fürchtete ich, ihn ganz zu verlieren, an die Sucht und an die Depression.

Als Jan 30 wurde, lag bereits ein langer Leidensweg hinter ihm. Die Ausgrenzung in der Schule, das Gefühl des ständigen Scheiterns und seine wachsende Verzweiflung hatten tiefe Wunden in ihm hinterlassen. Eine kleine Untersuchung im frühen Kindesalter oder während seiner vielen Klinikaufenthalte hätte Jan, mir und seinem Umfeld viel Leid erspart.

Dieses Buch soll nicht nur anderen Betroffenen Mut machen, sondern auch aufklären über eine Krankheit, von der viele gar nichts wissen.

Es erzählt unsere ganz persönliche Geschichte, die von vielen Herausforderungen geprägt war und ist, aber auch von einer Liebe, die alle Widerstände überwunden hat. Mutterliebe war das Band, das Jan hier in dieser Welt hielt, bis schließlich endlich eine Lösung für ihn gefunden wurde. Mit diesem Buch arbeiten wir das gemeinsam Erlebte auf und möchten zugleich auch ein Signal senden: Nichts ist stärker als das Band der Liebe. Eine Mutter spürt tief in ihrem Inneren, was ihr Kind braucht. Glaubt sie an ihr Kind, kann es selbst die größten Schwierigkeiten überwinden und seinen Platz in der Welt finden. Die Liebe einer Mutter ist die Wurzel, die ein Kind mit allem versorgt, was es braucht. Die gegenseitige Liebe zwischen Mutter und Kind kann Berge versetzen. Von Magie zu sprechen, ist da durchaus angebracht. Seit Jans Diagnose und der daraus resultierenden Medikation ist er wie ausgewechselt. Tief in mir wusste ich schon immer, dass über Jans Seele ein Schatten lag, doch darunter konnte ich jenen Sohn, Jungen und Mann sehen, der er wirklich war und zu dem er heute werden konnte.

Wir haben über die Schatten gesiegt. Unsere Liebe hat uns auch in den dunkelsten Zeiten getragen und deshalb schicken wir diese Botschaft hinaus an alle Familien, die gerade ohne Hoffnung sind: Liebt euch, glaubt an euch, folgt eurer Intuition und kämpft füreinander – ihr könnt Wunder vollbringen. Keine Situation ist so aussichtslos, dass die Liebe nicht einen Weg hinausfinden kann. Jans Geschichte zeigt, dass die Lösung manchmal ganz nah liegt und sich finden lässt, wenn man nur nicht aufgibt.

Annette Schone, im Februar 2019

Die unsichtbare Nabelschnur

Hell strahlen die Lichter. Ein warmer Glanz liegt über dem Raum und mein Blick wandert über die Gesichter. Meine beiden Söhne, mein Ehemann und meine neue Schwiegertochter, sie sitzen zusammen zwischen unseren Freunden und Verwandten, sie plaudern und lächeln und mir erscheint es noch immer wie ein Traum. Noch vor zwei Jahren hätte ich mir niemals ausgemalt, dass ich eines Tages Gast auf Jans Hochzeit sein würde. Die meiste Zeit in seinem Leben war ich froh, wenn er einfach überlebte. Und nun sitzt er da, ein gut aussehender Mann mit jenem Leuchten in den Augen, wie es nur die Liebe zu zeichnen vermag, und einem Lächeln im Gesicht, das von Hoffnung und Angekommen sein erzählt. Hoffnung, ja, die hatte ich immer. Doch genauso oft war ich auch verzweifelt. Ich schließe die Augen und lausche der Musik und in mir regt sich ein Gefühl tiefen Glücks und Dankbarkeit.
Als Jan 1986 zur Welt kam, war die Welt noch eine andere. Tschernobyl hatte den Schrecken der Kernenergie in unser Bewusstsein katapultiert,

die Friedensbewegung war sehr stark und Deutschland noch ein geteiltes Land. Das spürte man in Westberlin, wo ich zu jener Zeit lebte, überall deutlich. Eine geteilte Stadt im Taumel zwischen ständiger Bedrohung und hedonistischer Freiheit. Ich liebte den Spirit dieser Stadt, er beflügelte mich. Alles schien möglich, ganz anders als in meiner Heimatstadt in Niedersachsen. Als Gymnastiklehrerin arbeitete ich in einem Heim für schwer erziehbare Kinder. Um von Schöneberg, wo ich wohnte, dorthin zu gelangen, saß ich in der U-Bahn und sah die Geisterbahnhöfe im Osten an mir vorbeiziehen. Ein unwirkliches und auch aufregendes Gefühl.

Ich war jung, ich war verliebt und ich genoss die Schwangerschaft sehr. Nie zuvor hatte ich mich so stark und schön gefühlt wie in jenen Monaten und ich freute mich unbändig auf meinen Sohn, dessen Bewegungen ich in meinem Bauch deutlich spürte. Ich malte mir aus, was wir alles gemeinsam unternehmen würden, sang ihm Lieder und bereitete alles für seine Ankunft vor. Jans Vater und ich hatten uns gerade eine neue Wohnung gesucht, eine von jenen zauberhaften

Altbauwohnungen in Berlin, wie sie damals noch in großer Zahl leer standen und für die man eine ganze Menge Fantasie brauchte, um durch den Schutt und die hässlichen Tapeten die Schönheit zu sehen.

Jan hatte es schon immer eilig gehabt. Seine Geburt kündigte sich fünf Wochen zu früh an, mir blieb gerade noch Zeit, mit einem Taxi in die Klinik zu fahren. Dann ging alles sehr schnell. Er war kaum auf der Welt, da brachte man ihn in eine Kinderklinik, gefühlt weit weg von mir. So hatte ich mir die Geburt meines ersten Kindes nicht vorgestellt. Statt Glückseligkeit und Zweisamkeit lag ich allein und aufgewühlt im Bett und wusste nicht, was mit meinem Kind geschah.

Die nächsten Wochen forderten meine und Johanns ganze Kraft. Jan war eine Frühgeburt und lag die erste Zeit im Brutkasten. Er hatte Schwierigkeiten, seine Körpertemperatur selbstständig zu regulieren, und auch das Trinken fiel ihm schwer. Den Milcheinschuss ohne Kind anzuregen, war gar nicht so einfach. Mittels einer elektrischen Milchpumpe, die ich alle zwei Stunden anlegte, brachte ich meine Muttermilch zum Fließen. Zweimal am Tag transportierte ich die Milch in das Krankenhaus und besuchte Jan. Er schlief die meiste Zeit. Winzig war er und ganz dünn, doch wunderschön.

Drei Wochen ging das so, dann durfte er endlich zu uns nach Hause. In der Zwischenzeit war es Jans Vater und mir gelungen, unser Zuhause im Eiltempo babytauglich zu machen. Endlich hatten Jan und ich Gelegenheit, Zeit zusammen zu verbringen. Wir schliefen und gingen spazieren. Jan liebte es, zu baden. Im Wasser lag er ganz ruhig und entspannt und sah mich mit großen Augen an, oder er plantschte so herum, dass das ganze Zimmer unter Wasser stand.

Die Nächte hingegen waren sehr anstrengend. Jan schlief selten länger als eine Stunde und weinte viel. Auch am Tag wollte keine rechte Ruhe einkehren. Ich schob es auf die komplizierte Geburt und hoffte, das würde sich mit der Zeit geben, doch es gab sich nicht. Im Gegenteil, Tage und Nächte verschwammen ineinander. Oft legte ich eine Platte von James Taylor auf und marschierte, Jan im Tragegurt, stundenlang im Zimmer auf und ab, bis er endlich einschlief. Eine ganze Weile trugen mich die Hormone der Mutterschaft über das Gefühl der Erschöpfung hinweg, doch irgendwann forderte der Schlafmangel seinen Tribut. Jan ließ sich von niemand anderem außer mir beruhigen, er schrie und weinte stundenlang. Bald kam ich mir vor wie in einem Gefängnis. Ich konnte weder duschen noch in Ruhe essen, an Schlaf war nicht zu denken. Natürlich gab es in unserer neuen Dreisamkeit auch glückliche Stunden. Solange es nicht ums Einschlafen oder Essen ging, hatten wir viel Spaß miteinander. Wir verbrachten Zeit im Tiergarten und Johann als Hobbyfotograf machte wundervolle Fotos. Überhaupt konnte er Jan immer so herrlich zum Lachen bringen. Diese Zeiten genossen wir sehr. Allerdings zehrten Jans Schreiattacken immer mehr an meinen Nerven, gruben sich in meine Gedanken ein und machten mich hilflos. Warum gelang es mir nicht, mein Kind glücklich zu machen? Was fehlte ihm? Ich begann, Bücher zu lesen. All jene schlauen Baby-Ratgeber, die es auch Mitte der 80er Jahre schon gab. Doch ganz gleich, was ich versuchte, Jan weinte weiter. Er schien unglücklich zu sein mit dieser Welt, in die er gekommen war, und es gab nichts, was ich dagegen tun konnte.

Nach einer Weile fühlte ich mich wie eingezwängt. Meine Schuldgefühle wuchsen, vor allem, weil ich mich dafür schämte, wie wütend mich sein Geschrei manchmal machte. Der Impuls, ihn einfach in seine Wiege zu legen und davonzulaufen, nur um eine Pause zu haben, wurde in manchen Nächten fast übermächtig. Trotzdem tat ich es nie. Niemand spricht gerne über die Aggressionen, die junge Mütter gegenüber ihren Kindern empfinden. Mütter haben glücklich zu sein und zu lächeln, so will es die öffentliche Wahrnehmung. Ich war glücklich. Aber eben auch sehr erschöpft. Die Zerrbilder der immer lächelnden Mütter, die selig ihre Kinderwagen mit schlafenden Kindern darin herum schoben, machten mich wütend und traurig zugleich. Warum empfand ich nicht so wie sie?

Jans Vater unterstützte mich großartig und war sehr einfühlsam, doch nach drei Monaten intensiven Bemühens hinterließ Jans Weinen

Spuren in unserer Beziehung. Wir stritten immer häufiger. Ich war gereizt und weinte viel, Johann versuchte gerade, seinen Taxischein zu machen. Ich besuchte spirituelle Selbstfindungskurse, unter anderem bei einem Indianer, um zu innerer Freiheit und zu Antworten auf Fragen nach dem Sinn des Lebens zu finden. Westberlin, jene pulsierende, großartige Stadt, fühlte sich nicht mehr richtig an. Zu groß, zu laut, zu unbequem war sie. Manchmal fragte ich mich, ob Jans Unwohlsein eine Folge von Tschernobyl sein könnte. Irgendeine Erklärung musste es doch geben! Doch so sehr ich auch suchte, es gab keine Antwort. Nicht wie alle anderen Kinder, sondern rückwärts lernte Jan das Krabbeln. Ich fand das gleichzeitig entzückend und seltsam. Mein Sohn war eben etwas Besonderes.

Als Jan ein Jahr alt war, beendeten sein Vater und ich unsere Beziehung. Ich verließ Berlin mit einigen Koffern und Jan auf dem Rücksitz und kehrte zurück in meine Heimatstadt bei Osnabrück.

Zwar hatten wir vereinbart, dass es vorerst nur eine räumliche Trennung sein sollte, doch es war klar, dass unsere Beziehung Schaden genommen hatte. In unserem Ort eröffnete ich mit meiner Schwester ein Fitnessstudio, zu jener Zeit noch eine echte Novität.

Hatte ich immer gehofft, das Leben mit Jan würde einfacher werden, wenn er nur älter wurde, so zeigte sich bald, dass es zwar anders wurde, aber nicht besser. Jan hatte einen starken Bewegungsdrang und man konnte ihn keine Sekunde aus den Augen lassen. Hielt man ihn fest, reagierte er wütend und trotzig. Es war unvorstellbar, dass er sich auch nur für kurze Zeit mit sich selbst beschäftigte.

Die neue Selbstständigkeit forderte viele Ressourcen, doch ich konnte Jan so gut wie nie bei meiner Mutter oder anderen Personen lassen, auch nicht für eine kurze Zeit. Nur wenn er bei mir war, am liebsten auf meinem Arm, wirkte er zufrieden. Einige Wochen nach unserer Rückkehr ging ich auf dem Zahnfleisch, doch dann tauchte wie durch ein Wunder Edith auf. Edith war eine herzliche ältere Dame, die gleich mehrere Kinder großgezogen hatte und sich bestens auf sie verstand. Sie wurde Jans

Tagesmutter und mir erschien sie wie ein Geschenk des Himmels. Sie schloss Jan vom ersten Augenblick an in ihr Herz und behandelte ihn wie einen Familienangehörigen. Jan fühlte sich bei ihr wohl und ich konnte mich auf meinen Beruf konzentrieren. Eine Weile schien es fast, als sei alles in Ordnung.

Jans Vater besuchte ihn regelmäßig und ich lernte meinen neuen Partner Martin kennen, den ich, mit meinem zweiten Sohn Johannes schwanger, 1993 heiratete. Jan wurde drei Jahre alt und sollte wie alle Kinder in dem Alter in den Kindergarten gehen. Wenn Jan eines hasste, dann waren es Veränderungen und an den Kindergarten wollte er sich ganz und gar nicht gewöhnen. Er weinte, protestierte und wehrte sich mit Händen und Füßen. Stundenlang ging das so. Er klammerte sich an mich und wirkte völlig verzweifelt. Nach einigen Wochen gaben wir es auf und ich entschied, die Aufnahme in den Kindergarten noch ein wenig zu verschieben.

Sechs Monate später ließ sich Jan zwar beruhigen, doch es zeigten sich bald schon die ersten Schwierigkeiten. Jan war anderen Kindern gegenüber oft aggressiv, reagierte unverhältnismäßig ablehnend auf Anforderungen und verweigerte das Miteinander. Manchmal kam es sogar zu körperlichen Übergriffen auf andere Kinder. Die Erzieherin, eine uns sehr wohlgesonnene Frau, sprach mich darauf an. Starke Schuldgefühle überkamen mich. Hatte ich von Jan zu viel verlangt? War ich zu sehr mit dem Aufbau des Fitnessstudios beschäftigt gewesen? Warum verhielt Jan sich so?

Schon damals zeigte sich, dass Jan große Schwierigkeiten hatte, sich zu konzentrieren. Wenn andere Kinder malten oder puzzelten und sich mit sich selbst beschäftigten, so war Jan nicht zu motivieren es ihnen gleich zu tun. Er brauchte ständige Begleitung, Ansprache und Aufmerksamkeit. Forderte man etwas von ihm, etwa, dass er seinen Teller wegräumte oder am Tisch sitzen blieb, so reagierte er mit Trotz. Dramatische Szenen, bei denen er sich auf den Boden warf und schrie wie am Spieß, kamen häufig vor. Meistens half es nur, ihn einfach hochzuheben und wegzutragen, doch auch dagegen wehrte er sich heftig. Wenn ich mir heute die Kinderfotos von Jan aus dieser Zeit ansehe, dann sehe ich da kein wirklich glückliches Kind. In diesem Alter sind Kinder für gewöhnlich fröhlich, neugierig und mit sich und der Welt zufrieden. Auf Jans Kindergesicht hingegen lag damals schon ein Schatten, ein Ausdruck von unglaublicher Traurigkeit. Er wirkte verloren und verängstigt, fühlte sich nicht richtig in dieser Welt, deren Regeln er nicht verstand. Natürlich merkte auch Jan, dass er anders war, fand jedoch keinen Weg, dieses andere auszudrücken. Die Einsamkeit, die ihn in jenen Jahren schon erfüllt haben musste, treibt mir heute noch die Tränen in die Augen.

Jan fiel es schwer, Anschluss zu finden. Freunde hatte er so gut wie keine, und wann immer ich ihn abholte, war er alleine oder bei den Erzieherinnen. Mir brach es das Herz, aber ich glaubte daran, dass es nur Anpassungsschwierigkeiten waren. In den Büchern, die ich mir gekauft hatte, stand, dass das bei Frühchen gar nicht so selten vorkomme.

Für mich war das eine schwierige Zeit und meine Heimat eine Kleinstadt, in der die Leute gerne redeten. Meine ältere Schwester, mit der ich zu jener Zeit in einem Haus lebte, redete mir ins Gewissen: »Du musst dich mehr mit deinem Jungen beschäftigen.« Oder: »Willst du dir nicht mal professionelle Hilfe holen?« Die Schuldgefühle in meinem Inneren zermürbten mich. War ich eine schlechte Mutter? Hinzu kam, dass ich damals auch erst Mitte 20, also jung war, und noch etwas erleben wollte. Doch da Jan so anhänglich war, gab es keine Chance, ihn auch nur für einen Abend woanders zu lassen. Manchmal übernahm meine Schwester den Job des Babysitters, wodurch ein wenig Luftholen möglich war. Jan und ich, wir waren miteinander verschweißt, doch glücklich? Auf einer Skala von eins bis zehn verweilten wir vielleicht bei vier.

Auch mein Mann verlangte von mir, Jan gegenüber konsequenter zu sein. Jan schlief am liebsten bei mir im Bett. Für mich kein Problem, da wir beide dann mehr Schlaf bekamen und ich nicht raus musste. Doch Martin blieb stur bei seiner Forderung, dass Jan in seinem eigenen Bett schlafen sollte. Er müsse das lernen, meinte er. Das führte zu häufigen Streitereien zwischen

Martin und mir und zu vielen Nächten, in denen Jan starrköpfig im Schlafanzug in unserer Tür saß und dagegen protestierte, aus meinem Bett verbannt worden zu sein.

»Du verwöhnst den Jungen«, sagte Martin.

»Du musst strenger zu ihm sein«, verlangte meine Mutter.

Alle gaben mir gute Ratschläge, und so sehr ich mir wünschte, dass das Leben mit Jan leichter wurde, hörte ich tief in mir eine Stimme, die mir sagte, dass sein Verhalten keine Folge von Aufsässigkeit war. Jan konnte nicht anders. Etwas fehlte ihm und es gelang mir einfach nicht, herauszufinden, was es war. Nächtelang lag ich wach und meine Gedanken drehten sich im Kreis.

Versuchte ich Jan gegenüber Strenge an den Tag zu legen, so ertrug ich es nicht, ihn leiden zu sehen. Wenn mein kleiner Prinz weinte, verursachte das bei mir körperliche Schmerzen. Manchmal kam es mir so vor, als seien wir noch immer durch die Nabelschnur miteinander verbunden.

»Du lässt dich von dem Kind manipulieren«, warfen mir andere vor. »Eure Beziehung ist viel zu eng. Der Junge braucht Grenzen. Setze ihn doch einfach in sein Bett und lass ihn schreien, dann versteht er schon irgendwann, dass er nicht immer seinen Willen bekommt.«

Eine furchtbare Vorstellung. Niemals hätte ich Jan das angetan. Zu jener Zeit, Ende der 80er Jahre, war der Konflikt zwischen antiautoritärer und konservativer Erziehung noch sehr lebendig. Es gab unzählige Literatur dazu, die noch ergänzt wurde durch viele Bücher über alternative Heilmethoden und ganzheitliche Ansätze. Ich spürte, dass die Seele meines Kindes litt und konnte doch nicht benennen, wodurch dieses Leid verursacht wurde.

Um Jan zur helfen, begann ich eine Kinesiologie-Ausbildung und beschäftigte mich mit verschiedenen alternativen Heilmethoden, um Jan über die Entwicklungsschwierigkeiten hinwegzuhelfen.

Manchmal redete ich mir ein, es würde durch eine dieser Methoden besser werden, doch am Ende blieb es wie es war. Irgendwann zu jener Zeit, zwischen seinem dritten und fünften Lebensjahr, beschlich mich eine unbehagliche

Ahnung, die sich in den folgenden Jahren auch bestätigte: Mit meinem Kind stimmte etwas ganz und gar nicht. Ohne dass ich hätte festmachen können, woran es lag. Etwas, das keinen Namen hat, dass man nicht auflösen oder bekämpfen kann. Sein Problem wurde zum Elefanten im Raum, den alle wahrnahmen, über den jedoch keiner sprach.

Als Jan fünf Jahre alt war, ließ ich ihn für fünf Tage bei meinem Mann und fuhr mit meiner Schwester auf einen Segeltörn. Diese Tage waren als Erholung gedacht und obgleich alles wunderbar war, nahm ich nur die unglaubliche Sehnsucht nach meinem Kind in mir wahr. Jan brauchte mich, das konnte ich deutlich fühlen, auch über all die Kilometer hinweg. Kaum legten wir an, raste ich mit dem Auto in Richtung Heimat, um ihn so schnell wie möglich wieder in die Arme schließen zu können. Zwischen Jan und mir gab es diese starke Verbindung, die mich alles fühlen ließ was ihn bewegte. Heute glaube ich, dass das eine Art Ausgleich für das vermeintliche Defizit war, mit dem er auf die Welt gekommen war. Was ihm in einer Hinsicht fehlte, glich das

Schicksal durch unsere intensive Verbundenheit aus, welche sich, auch in all den folgenden Jahren bis heute, nie auflöste. Im Gegenteil. Diese unsichtbare Nabelschnur besteht noch immer.

Was ist mit meinem Kind los?

Als Jan sechs Jahre alt war, stand seine Einschulung an. Wie bei allen Eltern, deren erstes Kind in die Schule kommt, erfüllte mich eine Mischung aus Nervosität und Vorfreude. Wie würde mein Sohn sich in dieser neuen Umgebung zurechtfinden? Wie schnell würde er Freundschaften schließen und sich mit dem Lernen arrangieren?

Am Tag seiner Einschulung blickte ich Jan hinterher, wie er mit seiner Klasse und seiner Klassenlehrerin im Schulgebäude verschwand. In mir breitete sich ein Gefühl hoffnungsvoller Erwartung, Angst und auch Freude auf diesen neuen Lebensabschnitt aus.

Tatsächlich ließen die ersten Probleme nicht lange auf sich warten. Schon einige Wochen nach der Einschulung sprach mich Jans Klassenlehrerin an. Sie erklärte mir, dass ihr aufgefallen sei, dass es Jan schwerfalle, sich zu konzentrieren. Außerdem falle er durch aggressives Verhalten auf. In meinem Magen zog sich in jenem Moment alles zusammen.

Jan fand keinen Anschluss an seine Klasse. In den Pausen stand er allein auf dem Schulhof. Hausaufgaben mit ihm zu machen wurde bereits in der 1. Klasse zu einer großen Herausforderung. Jan schaltete auf stur. Ich hatte das Gefühl, er verstand einfach nicht, was die Lehrerin und ich von ihm wollten. Immer häufiger endeten die Nachmittage in ausgesprochen lautstarken Auseinandersetzungen. Für mich wurde das Erledigen der Hausaufgaben zu einem quälenden und erfolglosen Ritual. Wir litten beide sehr darunter. Dennoch war ich davon überzeugt, dass Jan nur ein wenig mehr Zeit brauchte, um sich an seine neue Herausforderung, an seinen Schulalltag, zu gewöhnen. Immerhin war es im Kindergarten ja nicht anders gewesen. Sicherlich fiel ihm nur der Übergang schwerer als anderen Kindern. Seine Verunsicherung bei Veränderungen war mir ja bekannt. Leider wurde es nicht besser. Die ersten Zeugnisse waren eine einzige Katastrophe. Regelmäßig wurde ich zu Gesprächen bei Jans Klassenlehrerin einberufen, in denen sie mir ihr Leid klagte. Jan konzentriere sich nicht, rufe dazwischen, sei laut oder desinteressiert. Ihren Anweisungen folgte er nicht und er fiel immer häufiger auch durch gewaltbereites Verhalten gegenüber seinen Mitschülern auf. Diese mobbten ihn für seine offensichtliche Hilflosigkeit, wenn er im Unterricht nicht mitkam. Er wurde verhöhnt und bloßgestellt. Ich war verzweifelt.

»Jan hat große Defizite. Er versteht die Aufgaben nicht, folgt dem Unterricht nicht, verweigert die Mitarbeit und stört.«

Entmutigung und Enttäuschung füllten mich aus. Warum sah sie ihn durch so eine negative Brille? Zu jenem Zeitpunkt konnte ich einfach noch nicht akzeptieren, dass mit Jan etwas nicht stimmte und reagierte mit Abwehr und Wut. Meine Ahnung, dass sich ein weitaus größeres Problem vor uns ausbreitete, verwandelte sich immer mehr in Gewissheit, auch wenn ich dieses Wissen am liebsten verdrängt hätte.

Ich sah, wie mein Kind litt und konnte ihm doch nicht helfen. Ich versuchte es mit motivierenden Impulsen und allerlei Tricks, unter anderem mit den sogenannten Brain-Gym-Übungen, durch deren Ausübung die Gehirnbahnen miteinander verknüpft wurden. Bei meiner Suche nach Hilfe war ich darauf aufmerksam geworden. Selbst unsere allmorgendlichen Rituale vor der Schule mit Augen-Achten, Elefantenrüssel und Überkreuzbewegungen brachten nur geringfügig Besserung. In der zweiten Klasse stand in Jans Zeugnis, dass er »erheblich länger« für die Erledigung von Aufgaben brauchte als die anderen. Jan spürte, dass er anders war und zog sich immer mehr in sich selbst zurück.

Ich war hin- und hergerissen zwischen der Sorge um mein Kind und dem genuinen (angeborenen) mütterlichen Ehrgeiz, ihn dazu zu bringen, seine Leistungen zu verbessern. Wir stritten uns häufig. Jan machte einfach zu, verweigerte die Mitarbeit, machte keine Hausaufgaben. Ganz gleich, wie sehr ich mir vornahm, ruhig zu bleiben: Es eskalierte irgendwann. Entweder schrie ich ihn an oder er warf einfach alles hin und lief weg. Die Stimmung bei uns zu Hause verschlechterte sich zusehends, und aus meiner Hilflosigkeit wurde Verzweiflung. Verständnis von meinem Umfeld zu erwarten hatte ich schon ausgeklammert. Meine Mutter riet mir zu Strenge und Konsequenz, wieder andere machten meine Berufstätigkeit für Jans Schulprobleme verantwortlich.

Jans offensichtliche Einsamkeit schmerzte mich sehr. Andere Jungen in seinem Alter hatten Freunde, er aber war immer für sich. In der dritten Klasse freundete er sich mit Malte an. Malte war zwar zwei Jahre jünger als Jan, aber das passte wunderbar zusammen. Zu seinen Klassenkameraden fand er keinen Zugang. Sie hänselten ihn und immer häufiger reagierte Jan darauf mit Aggression, die sich auch gegenüber den Lehrern zeigte. Forderten diese Jan auf, etwas an die Tafel zu schreiben, weigerte er sich. Immer wieder verlangte die Lehrerin, dass Jan vor der Klasse laut vorlas. Schon bei der Aufforderung dazu, stellte sich bei ihm alles auf komplette Verweigerung um. Da sie sein »Nein« nicht akzeptierte, warf er wutentbrannt und gequält das Buch nach ihr.

Jan fühlte sein eigenes Unvermögen; er spürte, dass er anders war, und auch die Pädagogen der Schule hatten keinen Rat für uns. Von Wahrnehmungsstörungen war die Rede, ebenso von ADHS, was zu jener Zeit noch kaum bekannt war, und tatsächlich gab es Überschneidungen, doch nie passte einer der Begriffe wirklich.

Ich schleppte Jan von Arzt zu Arzt, besuchte Wochenendkurse in Kinesiologie und las mich durch viele Bücher, doch nirgendwo fand ich eine Antwort auf die Frage: »Was ist mit meinem Kind los?« Im Gegenteil, ich ertappte mich immer häufiger dabei, wie ich mich für Jan rechtfertigte.

»Warum bekommst du ihn nicht in den Griff?«, fragten sie mich. Auch Jans Vater machte mir Vorwürfe und sagte, die Trennung sei schuld an Jans Problemen. Damit machte er es sich sehr einfach, allerdings hatte ich dem nichts entgegenzusetzen. Jan fiel es schwer, dem Lehrstoff im geforderten Tempo zu folgen. Er konnte sich nicht konzentrieren, verstand die Aufgaben nicht und hatte keine Geduld.

Da ich hoffte, dass es nur eine Art Entwicklungsverzögerung war, ging ich auf den Vorschlag ein, Jan die zweite Klasse wiederholen zu lassen, was auch den Vorteil versprach, dass er sich in einem neuen Klassenverband besser zurechtfinden und vielleicht größere Akzeptanz erfahren würde. Leider zerschlugen sich diese Hoffnungen schon nach kurzer Zeit. Jan wurde genauso gemobbt wie in der alten Klasse und auch an seinen Leistungen veränderte sich nichts Wesentliches.

In der dritten Klasse bat mich seine Klassenlehrerin um ein Gespräch. Sie sah mir ernst in die Augen und eröffnete mir in ihrer Hilflosigkeit: »Frau Schone, ich glaube, Ihr Sohn ist suizidgefährdet.«

Ich fühlte mich wie vor den Kopf geschlagen. Wie kam eine Lehrerin dazu, so eine schwerwiegende Beurteilung über einen Neunjährigen, über mein Kind, auszusprechen? Einige Sekunden sah ich sie sprachlos an. In meinem Kopf entstand eine große Leere.

»Jan steht unter großem Druck. Er ist sehr verzweifelt. Ich befürchte, wenn er keinen Ausweg mehr sieht, könnte er sich etwas antun.«

Ich spürte, wie mir die Tränen in die Augen stiegen. Etwas in mir wusste, dass sie recht damit hatte, dass Jan so verzweifelt war und gleichzeitig wollte ich es nicht wahrhaben. Ich beendete das Gespräch und fuhr wie in Trance nach Hause. In jener Nacht stand ich lange an Jans Bett und sah ihm beim Schlafen zu. Da lag er, mein perfekter, kleiner Junge mit dem schönen Gesicht und war so unglücklich. Und ich, seine Mutter, hatte darin versagt, ihn davor zu beschützen.

Einige Tage später wurden wir wegen eines Vorfalls auf dem Pausenhof zum Rektor zitiert.

Dieser musterte mich herablassend und sagte dann zu Jan: »Aber Jan, warum machst du das denn auch immer, warum tust du deiner Mutter das an?«

Ich beugte mich nach vorne und gab zurück: »Ist es nicht Ihre Aufgabe als Pädagoge, meinem Kind zu helfen, hier in der Schule anzukommen?«

Der Rektor maß mich mit abschätzigem Blick.

»In jeder Klasse sind 25 Kinder, da haben wir keine Zeit, auf ein einzelnes, schwieriges Kind einzugehen. Die Frage ist doch eher, was bei Ihnen zu Hause los ist, dass Jan solche Aggressionen mit sich herumträgt.«

»Bei uns zu Hause ist überhaupt nichts los«, empörte ich mich. »Jan fühlt sich hier an der

Schule nicht wohl, er wird von seinen Klassenkameraden gemobbt und erfährt nicht genug Unterstützung.«

Der Rektor runzelte die Stirn.

»Vielleicht müssen Sie erkennen, dass Ihr Sohn auf einer anderen Schule besser aufgehoben wäre.«

Das saß. Ich packte Jan am Arm und verließ das Zimmer. Alleingelassen und missverstanden war ich nicht bereit, den Kampf um meinen Sohn aufzugeben. Es musste eine Lösung geben.

Ich ließ Jan auf ADHS testen. »ADHS« war zu jenem Zeitpunkt in Deutschland noch gar nicht als Krankheitsbild anerkannt, es gab fast nur englischsprachige Literatur.

Die Ergebnisse des Tests waren negativ, also wieder keine Erklärung, die uns weitergeholfen hätte. Trotzdem bot mir der Arzt an, es doch einmal mit Ritalin zu probieren. Inzwischen war ich so verzweifelt, dass ich sogar darüber nachdachte, doch Jans Vater war strikt dagegen.

»Mein Sohn bekommt so ein Zeug nicht«, erklärte er mir aufgebracht am Telefon. Ich schwieg. Er musste auch nicht Tag für Tag mit Jan darum kämpfen, zur Schule zu gehen, mit ihm Hausaufgaben machen oder bange darauf warten, dass die Schule wieder anrief, weil Jan ungenügende Leistungen gebracht oder sich geprügelt hatte. Obwohl Jans Vater so weit weg lebte, versuchte er, sich regelmäßig um Jan zu kümmern, besuchte uns über mehrere Tage, unternahm Ausflüge und verbrachte viel Zeit mit ihm. Seinem Vater gegenüber zeigte sich Jan nie so aggressiv wie bei mir. Das lag sicherlich daran, dass Johann nicht dafür verantwortlich war, ihn zum Schulbesuch zu bewegen oder Anforderungen, welcher Art auch immer, an Jan zu stellen. Alle Verantwortung lastete auf meinen Schultern und ich hatte das schreckliche Gefühl, zu versagen. Ich suchte mir psychotherapeutische Hilfe, um mich zu entlasten. Das Reden half mir, löste aber meine Probleme mit Jan nicht.

Also nahm ich mir den Rat meiner Mutter und meines Mannes zu Herzen und versuchte, konsequenter zu sein, Jan Grenzen aufzuzeigen. Doch das machte alles nur noch viel schlimmer.

Jans Rückzug in sich selbst, seine Abkapselung wurde immer intensiver. Er reagierte fast nur noch mit Trotz. Bei den Hausaufgaben warf er wütend mit Gegenständen um sich und verweigerte sich völlig, was wiederum mich aufbrachte. Jeden Nachmittag verbrachten wir Stunden mit diesen Kämpfen, ohne dass irgendein Erfolg zu erkennen gewesen wäre.

»Ich hasse die Schule«, sagte Jan oft und ich wünschte mir, irgendeine Lösung für ihn finden zu können. Jans Wutausbrüche kamen schnell und spontan. In jener Zeit kam er mir vor wie ein wandelndes Pulverfass.

Da ich keine Erklärung für unsere Probleme fand, suchte ich sie bei mir. War vielleicht die Frühgeburt schuld oder doch die Trennung? Hatte ich aufgrund meines Geschäfts nicht genug Zeit für ihn gehabt? Oder war es die giftige Wolke aus Tschernobyl, die kurz nach seiner Geburt über Berlin gewabert war, die all das verursacht hatte?

»Du packst den Jungen nicht hart genug an«, erklärte mir mein Mann.

»Was soll ich tun? Ihn schlagen?« Ich biss mir auf die Lippen. Tatsächlich war es vorgekommen, dass ich so wütend auf Jans Sturheit geworden war, dass ich ihn geschlagen hatte. Im Nachhinein schämte ich mich dafür. Niemals hätte ich gedacht, eine Mutter sein zu können, die ihr Kind schlug. Doch Jans Verstocktheit brachte mich zur Weißglut. Immer häufiger schrie er und zerstörte Gegenstände, eine normale Kommunikation war kaum noch möglich und hinter all dem sah ich mein Kind, das so unendlich einsam war und litt. Dass niemand ihn und sein Gefühl, falsch auf dieser Welt zu sein, verstand, verbitterte ihn immer mehr. Wenn er nicht wütend war, weinte Jan oft. Ein niedergeschlagenes und mutloses Kind.

Die Odyssee ging weiter. Ich schleppte Jan zu einem Kinderpsychologen und zur Motopädie, um seine Psychomotorik zu verbessern. Jeden Morgen, noch vor dem Frühstück, machten wir die entsprechenden Übungen. Was bei Jan ankam, war: »Ich genüge nicht«. Er als kleiner Mensch war nicht genug, nicht gut genug. Ich konnte spüren, wie sehr ihn das verletzte und verunsicherte. Während seine Altersgenossen ganz selbstverständlich in der Schule zurechtkamen, Freunde hatten und Erfolge feierten, fiel Jan immer weiter zurück.

Wenn wir uns wieder wegen der Hausaufgaben stritten, sah ich, dass Jan das nicht tat, um mich zu ärgern. Er verstand ganz einfach nicht, was ich von ihm wollte. In der Schule sah er keinen Sinn. Alle verlangten ständig unerfüllbare Aufgaben von ihm und er konnte den Anforderungen nicht gerecht werden.

Die Lehrer zeigten kein großes Interesse mehr an Jan. Hatten sie anfangs noch versucht, ihn abzuholen und auf ihn einzugehen, so war er inzwischen völlig sich selbst überlassen. Er wurde vorgeführt und verhöhnt. Beinahe jeden Tag schickten sie ihn aus der Klasse oder gaben ihm einen Brief an mich mit.

Der einzige Lichtblick war das Klavierspielen. Jan konnte zwar keine Noten lesen und weigerte sich auch, diese zu lernen. Er spielte einfach nach Gehör. Dann war er ganz bei sich und glücklich. Durch den Klavierunterricht lernte er auch Nele kennen, ein freundliches Mädchen, das in Jan nicht den ständigen Störenfried, sondern einen echten Kameraden sah.

Dennoch konnte ich inzwischen nicht mehr die Augen davor verschließen, dass mit Jan in der Tat etwas nicht stimmte. Was es war, das konnte ich weder erklären noch bestimmen und ganz gleich, wo ich versuchte, Hilfe zu finden oder zumindest eine Erklärung, erhielt ich nur ausweichende Antworten. Jan habe psychische Probleme, es liege an der Erziehung, waren die Standardantworten, die ich erhielt und die mir alle nicht weiterhalfen.

In der vierten Klasse, als der Wechsel zu einer weiterführenden Schule vorbereitet wurde, bat mich seine Lehrerin wieder zu einem Gespräch. Es war ein sehr schwieriges Gespräch, doch innerlich hatte ich das bereits auf uns zukommen sehen.

Sie schlug vor, Jan auf der ortsansässigen Sonderschule aufnehmen zu lassen.

»Dort hätte er endlich mal wieder Erfolgserlebnisse und wäre kein ewiger Außenseiter mehr«, erklärte sie mir. »Man wird aufgrund der kleinen Klassen viel besser auf seine Bedürfnisse eingehen können.«

»Ist das für immer?«, fragte ich.

»Nein, nur bis Jan sich etwas besser zurechtfindet. Betrachten Sie es einfach als Chance.«

Das war leichter gesagt als getan. Ich rang lange mit mir, doch letztlich redete auch ich mir ein: »Es ist nur vorübergehend.«

Damit festgestellt werden konnte, ob Jan für den Besuch einer Sonderschule geeignet war, musste er über mehrere Wochen auf der kinderpsychologischen Station eines Kinderhospitals untersucht und getestet werden.

Unser zehnjähriges Kind sollte nun gleich drei Monate lang von uns getrennt werden. Da war sie wieder, die unsichtbare Nabelschnur, die Jan und mich verband, und ich ertrug es kaum, ihn gehen zu lassen. All das fühlte sich falsch an, unendlich falsch, doch wusste ich keinen anderen Ausweg.

So oft ich konnte, besuchte ich Jan. Das Personal auf der Station kümmerte sich rührend um ihn, dennoch las ich in seinem traurigen Blick die Angst, ich würde ihn jetzt auch noch abschieben. Er wirkte so klein und verletzlich und alles, was ich mir wünschte, war, ihn beschützen zu können und ihn endlich mal richtig fröhlich zu sehen. Die letzten Jahre hatten Wunden in seine Seele gerissen, tiefe Wunden, die nicht so einfach wieder verheilen würden.

Erst viele Jahre später erzählte Jan mir, wie sehr er unter diesem Aufenthalt gelitten hatte, auch wenn noch viel Schlimmeres folgen sollte. Auf der Station herrschten strenge Regeln, manchmal saß er stundenlang vor seinem Milchreis, den es für ihn gefühlt jeden Tag gab, bis er aufgegessen hatte und keinen Bissen mehr herunterwürgen konnte.

Aber vielleicht würde ja jetzt auf der Sonderschule alles besser, dachte ich. Ich klammerte mich verzweifelt an diesen Gedanken. Hinzu kam ein Gefühl der Scham. Wir lebten ja in einem kleinen Ort und durch mein Geschäft kannten mich viele. Nun war ich die, deren Sohn auf die Sonderschule ging. Kam das nicht einem totalen Scheitern als Mutter gleich? Oft hatte ich zum Beispiel beim Einkaufen das Gefühl, dass die Leute mich anstarrten oder hinter meinem Rücken schlecht über mich sprachen.

Im Krankenhaus stellte man mit Jan zahllose Untersuchungen an, sowohl medizinisch als auch psychologisch. Sein Verhalten wurde beobachtet und sie versuchten, herauszufinden, ob kognitive Einschränkungen die vorwiegenden Probleme waren. Hatte ich gehofft, eine Antwort auf die drängende Frage zu erhalten, was ihm fehle, so wurde ich enttäuscht. Eine Erklärung für das, was mit Jan anders war, gab es nicht. Stattdessen redeten die Ärzte von »kompensatorischen Strategien«, die Jan entwickelt hatte. Damit konnte ich nichts anfangen.

»Emotionale Störung mit Beziehungsschwierigkeiten, intellektuelle Lern- und Leistungsfähigkeiten unterhalb des Durchschnitts. Unsicherheiten in der visuellen Differenzierungsleistung bis hin zu Wahrnehmungsstörungen. Notorische Überforderung, einhergehend mit einem stark beeinträchtigten Selbstwertgefühl« — dieses Gutachten las ich mir unter Tränen mehrere Male vor. Ich konnte nicht glauben, was dort stand. Das sollte meinen Sohn beschreiben? In dem Gutachten hieß es weiter, dass Jan nur mit einem geringen IQ behaftet sei und deshalb in einer Regelschule nicht mithalten könne. Seine

Aggression sei dem Frust geschuldet, den seine schlechten Leistungen mit sich brachten. Mein Sohn sollte also mit geringer Intelligenz ausgestattet sein? Das wollte ich nicht glauben, denn immerhin wusste Jan viel und konnte sich sprachlich sehr gut ausdrücken. Doch das Gutachten ließ keinen Zweifel daran und sprach für Jan die Empfehlung zur Einschulung in die Sonderschule aus. Nach den Ferien würde er nicht in die fünfte, sondern direkt in die sechste Klasse der Sonderschule kommen.

»Das ist nur vorübergehend«, flüsterte ich Nacht für Nacht vor dem Einschlafen; innerlich spürte ich, dass dies nur ein weiterer Schritt in eine falsche Richtung war. Es heißt immer, Mütter hätten ein Gespür für ihre Kinder. Sicherlich ist es auch wahr, dass die meisten Mütter ihre Kinder in einem sehr einseitigen und positiven Licht sehen – dafür sind sie ja die Mütter. Aber ich war mir sicher, dass sein Anderssein sich auch mit einem IQ-Test nicht erledigte. Sein Verhalten und sein Kummer hatten eine andere, tiefer gehende Ursache, auf die man auch hier im Kinderhospital nicht gestoßen war.

An einem anderen Ort

Als ich Jan nach den großen Ferien zu seiner neuen Schule brachte, brannte das Gefühl des Makels heiß auf meinem Gesicht. Es kam mir so vor, als würden alle um mich herum wissen, dass ich als Mutter gescheitert war und mein Kind nun auf die Sonderschule musste. Jan wirkte seltsam gelöst, sogar fast befreit.

»Freust du dich auf die neue Schule?«, fragte ich ihn. Er zuckte mit den Achseln.

»Ich bin nur froh, von der anderen Schule weg zu sein«, antwortete er mir. Was wirklich in ihm vorging zu jener Zeit, sollte ich erst viele Jahre später erfahren.

Jan

Hatte ich mir Hoffnungen gemacht, auf der Sonderschule nun endlich meine Ruhe zu haben, so wurden diese bereits am ersten Tag bitter enttäuscht.

In der Pause wartete das sogenannte »Aufnahmeritual« auf mich. Es war ein Spießrutenlauf. Einige ältere Schüler und sogar meine Klassenkameraden stellten sich im Spalier auf und prügelten auf mich ein, während ich zwischen ihnen hindurchlief. Die ganze Zeit über biss ich mir fest auf die Lippen, um nicht zu weinen, denn das hätte alles nur noch schlimmer gemacht.

Unterricht fand in der Sonderschule, meiner Empfindung nach, so gut wie gar nicht statt, dementsprechend war Lernen für mich unmöglich. Die meisten Kinder hatten noch nicht einmal Schulsachen dabei und verbrachten den Tag mit Reden und Unsinn machen und die Lehrer ließen sie gewähren. Sie ignorierten die Klasse einfach. Ich flüchtete mich in Tagträume, in denen abenteuerliche Geschichten vor meinem inneren Auge abliefen und ich mich weit weg wünschte. Abenteuer, in denen ich der Held war und nicht der Verlierer.

Mein Selbstwertgefühl hatte durch die Jahre in der Grundschule erheblichen Schaden genommen. Gefühle von Unfähigkeit, Wertlosigkeit begleiteten mich ständig, das Vertrauen in meine eigenen Fähigkeiten war mir völlig abhandengekommen. Die Verlorenheit und

Einsamkeit in mir wuchs immer mehr. Es war, als stolpere ich einem ungewissen Ziel entgegen und als halte das Leben nichts außer Schwierigkeiten für mich bereit. Was für andere selbstverständlich und leicht, war für mich Stress pur. Ich hielt es nicht aus, wenn Menschen mich ansahen. Ich nahm an, dass sie sich unablässig damit beschäftigten, was ich wohl gerade alles falsch machte. Ich konnte es in den Augen von Bekannten und Nachbarn sehen. Sie alle wussten, dass ich »Schwierigkeiten machte« und waren schon misstrauisch, wenn ich nur die Straße hinunterging. Die Welt war für mich ein rätselhafter Ort und je mehr ich versuchte, sie zu verstehen, desto größer wurde die Kluft. Diese Empfindung, das Ausgeschlossen sein, hat sich tief in mich eingegraben. Auch heute prägt dieser Teil von mir noch meinen Alltag, mit dem Unterschied, endlich in der Lage zu sein, es zu verstehen und einordnen zu können.

Trotzdem sich die Lehrer sicherlich sehr bemühten, empfand ich die Sonderschule als anstrengend. In den Pausen kam es ständig zu Prügeleien, da die wenigsten Schüler an dieser

Schule gelernt hatten, Streitereien nicht mit ihren Fäusten auszutragen. Immerhin war mir wenigstens das vertraut.

Der einzige Lichtblick an der neuen Schule war Marcus. Marcus war aufgrund seiner körperlichen Behinderung auf diese Schule geschickt worden. Er war allen anderen Kindern dort kognitiv weit überlegen. Marcus passte genauso wenig auf diese Schule wie ich und vielleicht war das der Grund, weshalb wir Freunde wurden.

Zum ersten Mal in meinem Leben erlebte ich richtige Freundschaft. Wir verbrachten die Pausen zusammen und wenn eines der anderen Kinder Marcus ärgerte, verteidigte ich ihn, notfalls auch mit Fäusten. An den Nachmittagen streiften wir draußen herum, bauten uns Hütten oder fuhren Fahrrad. Auch zuhause bei Marcus fühlte ich mich wohl. Hier sah mich niemand schief an, hier war ich einfach Jan, der Freund von Marcus. Und Marcus war ein echter Freund.

Wurde ich von den anderen Kindern verhöhnt, so machte Marcus sie mit wenigen Worten mundtot. Wir zwei hielten zusammen und das machte uns stark. Wir akzeptierten den jeweils anderen genau so, wie er war, und hatten uns immer was zu erzählen. Ich erlebte so etwas wie eine normale Kindheit, mit Computerspielen und gegenseitigen Übernachtungen, ein Kontrastprogramm zu dem Chaos in der Schule, das aus Gewalt und dem sinnlosen Totschlagen der Zeit bestand. Wir auf der Sonderschule befanden uns auf dem Abstellgleis der Gesellschaft, während alle anderen in den Schnellzug Richtung Erwachsensein einstiegen. Je älter ich wurde, umso klarer konnte ich das sehen. Es erfüllte mich mit einer stillen, schwelenden Wut auf das Leben und vor allem auf mich selbst. Warum konnte ich nicht wie alle anderen sein? Weshalb verstand ich nicht, wie man sich wo verhalten musste, wie man lernte, wie man dazu gehörte? Ich blieb ein Außenseiter, auch auf der Sonderschule, denn hier war ich ebenso wenig richtig wie auf der normalen Schule. Aber wo war ich richtig? Auf diese Frage fand ich keine Antwort. Dafür kam ich bald in Kontakt mit Substanzen, die mir halfen, diese Fragen zu verdrängen, allen voran der Alkohol. Meine

Mutter bekam das alles nur am Rande mit. Zu jener Zeit sprach ich immer weniger mit ihr, ich wollte sie nicht ständig enttäuschen. Wenn ich die Dinge mit mir selbst ausmachte, dann verletzte ich auch niemanden.

Die Hoffnungen, die vor allem ich auf den Schulwechsel gesetzt hatte, erfüllten sich nicht. Im Gegenteil: Durch das Chaos in der Klasse schaltete Jan einfach ab. War er am Anfang durch den Stoff aus der Grundschule noch im Vorteil gewesen, verlor er bald den Anschluss und seine Leistungen sanken weiter ab.

Die ständige aggressive Stimmung in der Klasse färbte auf ihn ab. Ich hatte das Gefühl, dass er sich unablässig in Habachtstellung befand. Von mir schottete er sich oft ab. Ich nahm es so wahr, als wollte er mich nicht sehen lassen, wie sehr er litt, um mich nicht traurig zu machen. Doch Verzweiflung war ein ständiger Begleiter jener Tage. Was sollte aus ihm werden, wenn diese Entwicklung so weiterging?

»Jan muss von dieser Schule runter«, sagte ich zu meinem Mann, doch außer mir schien niemand davon überzeugt zu sein, dass die Sonderschule Jan schadete. Um in seinem Erwachsenenleben irgendeine Chance auf ein unabhängiges Leben zu haben, wünschte ich mir nichts mehr, als dass er wenigstens den Hauptschulabschluss dort machen würde. Doch seine Lernmotivation ging gegen Null, wodurch seine Noten immer weiter abrutschten. Aggressives, abweisendes Verhalten gegenüber seinen Mitmenschen und seiner Umwelt taten ihr Übriges.

»Kannst du nicht einmal ein normales Kind sein?«, fuhr meine Mutter ihn an, wenn es am Tisch wieder einmal laut geworden war. So dachte Jan über sich: Er war nicht normal. Er gehörte nicht dazu. Er war falsch in dieser Welt. Meine Versuche, ihn vom Gegenteil zu überzeugen, scheiterten auf der ganzen Linie. Hinzu kam, dass ihm viele nun auch noch das Gefühl vermittelten, er sei dumm. Immerhin stand das ja Schwarz auf Weiß in den Unterlagen. Wer eine Sonderschule besuchte, musste dumm sein. Diese Urteile fraßen sich tief in Jans Seele.

Auch sein Vater war mir keine Hilfe. Johanns

unablässige Vorwürfe entmutigten mich. Ideen für Lösungen konnte er mir allerdings auch nicht anbieten.

»Es ist, weil du ihm den Vater entzogen hast«, griff er mich an, und auch wenn ich das nicht von der Hand weisen konnte, wusste ich, dass das nicht das Problem war. Andere Kinder wuchsen auch mit nur einem Elternteil auf und waren nicht unweigerlich mit derartigen Unwägbarkeiten konfrontiert.

Der Gedanke, dass mein Sohn ein Sonderschüler war, löste in mir unerträgliche Empfindungen aus. Ich konnte mich einfach nicht damit anfreunden. Die Anfeindungen und Ablehnungen gegen Jan trafen auch mich mitten ins Herz. Ich fühlte mich gedemütigt und zutiefst irritiert. Ich versuchte, diese Wahrnehmung durch Meditation und spirituelle Sinnsuche auszugleichen, doch das nagende Gefühl, versagt zu haben, blieb und begleitete mich, ganz gleich, wohin ich ging.

Jede kleinste positive Rückmeldung, etwa, wenn Jan tatsächlich freiwillig seine Hausarbeiten erledigte, was selten genug vorkam, nahm ich als

Hinweis darauf, dass nun endlich eine Wende eintrat. Doch die Wende kam nicht. Stattdessen zog sich Jan auch zu Hause immer mehr zurück. Er verschloss sich vor allem, wollte auch an Familienaktivitäten nicht mehr teilnehmen. Dass sein kleiner Bruder zu einem ganz »normalen« Jungen heranwuchs, der von allen gemocht wurde und alle Herausforderungen mit Leichtigkeit meisterte, vertiefte seine Wahrnehmung der Unzulänglichkeit noch. Seltene Momente des Friedens und der Harmonie traten ein, wenn ich abends mit Jan auf dem Sofa Bücher las, doch mir gelang es nie, diese Harmonie mit in den Alltag hinüberzuretten. Verständnis dafür aufzubringen, was in meinem Kind vorging, fiel mir oft sehr schwer. Ich liebte mein Kind, doch in sein Innenleben vorzudringen gelang mir nur sehr selten und das versetzte mich in einen Zustand ohnmächtiger Hilflosigkeit.

Einmal sagte er zu mir: »Ich bin ständig fehl am Platz. Egal, wo ich hinkomme, alle wissen schon über mich Bescheid. Ich bin der dumme Sonderschüler.«

Seine Worte trafen mich tief in meiner Seele. Was auch immer ich darauf antwortete, um ihn zu trösten, konnte die Richtigkeit seiner Wahrnehmung nicht mindern.

Jan schien die Welt um sich anders wahrzunehmen. Mehr als einmal landete er mit einer schweren Verletzung im Krankenhaus: einmal, als er sein eigenes Hosenbein in Brand setzte und eine schwere Verbrennung am Bein davontrug. Ein anderes Mal, als er sich beim Klettern den Unterarm komplett, vom Ellenbogen bis zum Handgelenk, aufriss. Gefahren hatten keine Bedeutung für ihn oder er konnte sie nicht richtig einschätzen. Wann immer das Telefon klingelte, zuckte ich zusammen, weil ich damit rechnete, dass es schon wieder die Schule oder die Notaufnahme war.

Die Probleme mit Jan belasteten auch den Rest der Familie. Sein kleiner Bruder Johannes versuchte, die Konflikte zu kompensieren, indem er immer das »gute Kind« war. Selten begehrte er auf oder machte Ärger.

Mein Mann Martin verlangte, dass ich endlich konsequenter mit Jan umgehen sollte; ich bezweifelte, dass er verstand, was mit Jan los war.

Als Jan zwölf wurde, hatte er sich so weit von mir entfernt, dass ein normales Gespräch kaum noch möglich war. Er ließ seine Wut an Gegenständen aus und war für keine meiner Ansprachen oder Bitten mehr empfänglich. Die Stimmung bei uns zu Hause wurde unerträglich. Das Schlimmste daran war, dass sein Leidensweg ihn unerbittlich von mir entfernte und dass ich, wenn ich nicht aufpasste, ihn endgültig verlieren würde. Was auch immer in ihm vorging, es trieb ihn unerbittlich von mir weg.

In meiner Verzweiflung wandte ich mich an das Jugendamt. Immerhin hatte ich erfahren, dass es auch Hilfe in Sachen Erziehung anbot. Anlass war ein hässlicher Streit zwischen mir und Jan, in dessen Folge ich die Beherrschung verloren und ihn regelrecht die Kellertreppe hinunter geprügelt hatte. Jan ließ es stumm über sich ergehen und sah mich nur an. Sein Blick an jenem Tag verfolgt mich bis heute.

»Ich brauche Hilfe«, erkannte ich. So konnte es nicht weitergehen. Das Jugendamt lud uns zu einem Erstgespräch ein, an dessen Ende die

Mitarbeiter erst einmal eine räumliche Trennung zwischen Jan und mir vorschlugen, damit sich unser Verhältnis wieder entspannen konnte. Ich fand den Gedanken furchtbar und doch barg die Vorstellung auf eine Auszeit vom täglichen Kampf auch einen gewissen Reiz in sich. Vielleicht war das ja eine Chance, die wir nutzen sollten.

Sie empfahlen mir eine Einrichtung für schwer erziehbare Jungen, weiter entfernt von unserer Heimatstadt, die von einem Ehepaar betrieben wurde. Tatsächlich machte dieses Haus bei unserem ersten Besuch einen freundlichen Eindruck. Jan würde weiter auf seine alte Schule gehen und wir ihn regelmäßig besuchen können. Eine andere Einrichtung wollte Jan sich gar nicht mehr ansehen. Ihm war es wichtig, notfalls sogar alleine nach Hause kommen zu können.

Jan bekam dort ein eigenes Zimmer, das wir ihm so angenehm wie möglich einrichteten. Am Tag seiner Ankunft erfuhren wir allerdings, dass die neue Heimleitung kurzfristig abgesprungen und deshalb der Posten vakant war. Ich dachte mir nichts dabei. Rückblickend erkenne ich, dass ich Jan niemals dort hätte lassen dürfen.

Jener Abschied von Jan dort in dem Jugendhaus Landau, war durch und durch von Angst geprägt; seiner Angst, hier allein bleiben zu müssen, und meiner Angst, ihn mehr oder weniger schutzlos zurückzulassen.

Als ich ohne ihn wegfuhr – die ersten drei Wochen waren ohne Familienkontakt – drohten mich meine Schuldgefühle zu überwältigen. Was war ich für eine Mutter, die ihr Kind einfach so weggab? Ich versuchte, meine Gefühle zu verdrängen und mich an die Gründe für diese Entscheidung zu klammern, doch die Verunsicherung blieb.

Um mich abzulenken, kaufte ich mir ein riesiges 3-D- Puzzle des *Empire State Building,* an dem ich jeden Abend unter Tränen puzzelte.

Die Trennung von Jan war trotz der Schwierigkeiten, die er und ich in der Vergangenheit gehabt hatten, kaum zu ertragen. Hatte ich mein Kind aufgegeben? Abgeschoben? Diese Fragen verfolgten mich in jeder wachen Sekunde. Bezeichnenderweise fehlte am Ende genau ein Puzzlestück in jenem Puzzle, so wie Jan auch bei uns zu Hause fehlte.

Jan

Jetzt war es also so weit. Ich war nicht mehr länger nur auf der Sonderschule, nein, nun war ich in einer Art Heim, weg von meiner Mutter und meiner Familie. Die ohnmächtige Wut in meinem Inneren hatte sich in einen scharfen Eisklotz verwandelt, der alle Gefühle betäubte und alles andere verdrängte. Ich hasste es hier, vom ersten Augenblick an. Hier wollte ich nicht sein – schon wieder eine neue Umgebung, neue Regeln, neue Rangkämpfe. Ich hatte keine Ahnung, was man von mir erwartete, ich wusste nur, dass ich nicht mehr nach Hause konnte. Sechs Jungen lebten hier mit wechselnden Betreuern, eine Leitung gab es nicht, seit die letzte gekündigt hatte. Die übrigen Betreuer entschieden willkürlich und waren oft überfordert, was wiederum zu absurden Strafen und ständigen Gängelungen führte. Vertrauen oder gar so etwas wie Geborgenheit gab es in dem Jugendaus nicht, stattdessen einen sehr strengen und starren Tagesablauf, an dem Kinder wie wir nur scheitern konnten.

Auf die kleinste Abweichung wurde mit

drastischen Strafen reagiert, die nicht selten die ganze Gruppe in Mithaft nahmen. Ständig erhielten wir Hausarrest und durften unsere Zimmer nicht verlassen. Meine Tage waren geprägt von zermürbender Langeweile, die nur durch die Streitigkeiten der Jungen untereinander unterbrochen wurde.

Die anderen Jungen litten zum Teil unter erheblichen Problemen; so war etwa einer von ihnen hyperaktiv und musste wiederholt vor meinen Augen mit einer Spritze gewaltsam sediert werden, wenn er ausrastete. Und es rastete ständig jemand aus. Der Alltag war durchzogen von Unerwartetem und Unsicherheiten. Jeder von uns war ein wandelnder Vulkan, der nur darauf wartete, in die Luft zu gehen. Der Druck, den die Betreuer auf uns ausübten, verstärkte diese aggressive Stimmung um ein Vielfaches. Das Gefühl der Verlorenheit wurde fast unerträglich, denn hier gab es auch keinen Marcus mehr und vor allem keine Möglichkeit, mich zurückzuziehen. Bis zur Schlafenszeit war mein Tag mit Schule, Lernen, Hausaufgaben und Diensten vollgepackt und ganz gleich, wie sehr ich es versuchte, irgendetwas blieb immer auf der Strecke oder war ungenügend erledigt, was zur Folge hatte, dass ich zusätzliche Aufgaben aufgebrummt bekam. Das sorgte für weiteren Frust, der sich nicht entladen konnte und nach innen wandte, wo er eine besonders destruktive Wirkung entfaltete. Meiner Mutter erzählte ich nur selten davon, wie es hier wirklich war, weil ich befürchtete, dass sie mir nicht glauben würde. Immerhin sorgte ich doch überall für Ärger, oder? Das zumindest hatte sie oft gesagt und es stimmte ja auch. Es war nur so, dass ich nicht wusste, warum das so war, es kam einfach aus mir heraus. Wie aber sollte ich etwas ändern, das ich noch nicht einmal bewusst tat? Also hielt ich es aus, die Strafen, die Kälte, die Einsamkeit und das Gefühl, dass mein Leben nie besser sein würde als das hier. Wenn ich an die Zukunft dachte, dann gab es da nichts, auf das ich mich freute. Manchmal ertappte ich mich bei der Frage, warum ich überhaupt noch weiterlebte. Zu diesem Zeitpunkt war ich gerade dreizehn Jahre alt und bereits durch alle Institutionen gewandert, die es für »Fälle« wie mich gab. Ohne

Erfolg! Was kam als Nächstes? Vielleicht Gefängnis? Das wollte ich auf keinen Fall, doch ich hatte ganz sicher auch nie hierher gewollt, auch wenn es gut war, nicht mehr zu Hause bei Mama und den ständigen Streitereien zu sein. Immerhin hatte sie jetzt ihre Ruhe vor mir. Dieser Gedanke ließ mich immer noch einen Tag länger in dem Jugendhaus aushalten. Auch diese Zeit musste irgendwann zu Ende gehen.

Bei meinen Besuchen in der Einrichtung hatte ich den Eindruck, dass Jan mich zwar vermisste, aber auch sehr erleichtert war, dem Druck bei uns zu Hause entkommen zu sein. Mit ihm lebten noch sechs weitere Jungen in der Einrichtung und ich redete mir ein, dass er sich dort ganz gut eingelebt hatte. Gab es nun endlich Hoffnung? Würde man ihm hier helfen können? Konnten diese professionellen Erzieher, mit der mir fehlenden Konsequenz, mein Kind wieder geradebiegen?

Doch die Welt und ihre Menschen sind grausam. Bald schon wurde Jan im Schulbus von anderen Kindern als »Heimkind« gehänselt. Er wehrte sich so, wie er es inzwischen gelernt hatte: mit seinen Fäusten.

Tatsächlich gab es in jener Zeit sogar so etwas wie einen Lichtblick. Jan bekam eine neue Lehrerin, die sich sehr für ihn interessierte und mit mir viele gute Gespräche führte. Zum ersten Mal hatte ich das Gefühl, dass Jan wirklich gesehen wurde. Sie empfahl uns eine alternative kinesiologische Ausleitungstherapie, für die ich mit Jan alle zwei Wochen nach Oldenburg fuhr. Er schien die Entspannung, die sich während der Behandlung einstellte, sehr zu genießen. Jan aufzugeben kam nicht in Frage, deshalb griff ich nach jedem Strohhalm. So reisten wir, auch auf Empfehlung der Lehrerin, gemeinsam nach Berlin, damit Jan dort eine besondere Brille nach der *Eyerleen-Methode* erhielt. Diese farbigen Gläser sollten das Lesen und die Wahrnehmung erleichtern. Sehr teuer waren sie – geholfen haben sie nicht. Aber ich war eben verzweifelt.

Die Sache mit dem nicht ersetzten Heimleiter sollte sich bald zu einem richtigen Problem auswachsen. Es fehlte an Führung und an Bindung, und das waren nicht einmal die größten

Schwierigkeiten. Mir gegenüber schwieg Jan immer und machte gute Miene zum bösen Spiel. Meine Verblendung und vielleicht auch Gleichgültigkeit gegenüber den wirklichen Zuständen in dem Jugendhaus hinderten mich unverzeihlicher Weise daran, Jans Aufenthalt dort ein jähes und frühzeitiges Ende zu bereiten. Erst lange Zeit später fand ich einen Brief, den er mir wohl während seines Aufenthalts in dem Jugendhaus geschrieben und nie gegeben hatte, in dem sich das ganze Leid seiner geschundenen Kinderseele offenbarte.

Ich will weg an einen Ort, an dem ich so akzeptiert werde, wie ich bin, ohne mich ständig rechtfertigen oder an mir arbeiten zu müssen, schrieb Jan in seinem Brief. Jan fühlte sich wie im Gefängnis. Er hasste die Betreuer, die ständigen Ausraster, das Weinen der anderen, sein hartes Bett. Er vermisste sein Zuhause schmerzlich, in das er, zumindest vorerst, nicht zurückkehren konnte, denn dann würde ja alles wieder so werden wie zuvor.

An irgendeinem Tag, spät abends gegen 22 Uhr, klingelte mein Telefon.

»Annette, Jan ist bei uns«, sagte meine Schwester mit einem ängstlichen Unterton in der Stimme.

»Wie, Jan ist bei euch? Wie ist er denn zu euch gekommen?«, fragte ich erstaunt.

»Zu Fuß«, antwortete sie. Jan hatte sich in seiner Verzweiflung und Wut über die Zustände im Jugendhaus Landau zu Fuß auf den Weg gemacht. In seinen ausgelatschten Hausschuhen lief er die vielen Kilometer zurück. Das Haus, in dem meine Schwester wohnte, lag als erstes auf seinem Weg zu uns. Nichts drückte seine Ohnmacht und Einsamkeit mehr aus, als dieser unbändige Wunsch, nach Hause zu wollen. Entgegen meiner inneren Überzeugung brachte ich Jan am nächsten Tag zurück in die Einrichtung.

Mitgefühl oder Interesse an den anderen Jungen gab es dort nicht. Sie wurden bestenfalls verwahrt, auch wenn uns Eltern immer ein anderes Bild vermittelt wurde. Angeblich lebten unsere Kinder dort in einer besonders wertvollen, pädagogischen Umgebung. Die üblichen Hilfeplan-Gespräche mit den Betreuern und der Frau vom Jugendamt endeten immer mit der gleichen Aussage: Ich könne nicht loslassen und ich würde Jans positive Entwicklung dadurch verhindern. Schweren Herzens zog ich mich eine Weile zurück, nur um dann deutlich zu spüren, wie falsch das war.

Wenn er jedes zweite Wochenende nach Hause kam, erlebte ich Jan noch verschlossener und unglücklicher als zuvor.

Er erzählte mir zwar von kalten Duschen, unter die die Betreuer sie trieben, doch ich glaubte ihm nicht. Ich ging davon aus, dass er sich all das nur ausgedacht hatte, weil er mit den Regeln im Jugendhaus nicht zurechtkam. Wer denkt schon daran, dass so etwas in einer Einrichtung Ende der 90er Jahre noch möglich war?

Heute weiß ich, wie sehr ich Jan Unrecht getan habe. Ich hätte ihm, meinem Kind, glauben sollen, hätte auf mein Herz hören sollen, das mir unablässig sagte: Es geht ihm nicht gut. Offensichtlich hatte ich verlernt, meiner eigenen Wahrnehmung zu vertrauen, wenn es um Jan ging, denn scheinbar hatte ich bisher ja bei allem falsch gelegen.

Mein Umfeld gab mir das Gefühl, als Mutter viel zu dicht an Jan dran zu sein, um zu erkennen, was mit ihm los war. Nun die »Profis« ranzulassen, war sicherlich die richtige Entscheidung. Dass diese Profis meinem Sohn und den anderen Kindern noch mehr schadeten, ahnte ich nicht.

Jan
Wenn unsere Eltern zu Besuch kamen, spielten die Betreuer ihnen ein Theaterstück vor, in dem sie so taten, als kümmerten sie sich um uns. Keiner von uns wagte, unseren Eltern die Wahrheit zu sagen, aus Angst vor den Konsequenzen, denn immerhin gab es Gründe dafür, weshalb wir nicht mehr zu Hause bei unseren Familien lebten. Also spielten wir mit, bissen die Zähne zusammen und hatten manchmal auch Tränen in den Augen. Sobald unsere Eltern aber fort waren, blieb davon nichts mehr übrig. Der Ton war rau und die Betreuer ließen uns Kinder ständig ihre Macht spüren, sogar wenn es um so banale Dinge wie eine zweite Scheibe Wurst auf dem Frühstücksbrot ging. Wir fühlten uns ständig ohnmächtig und

missverstanden.

Auch in der Schule gab es keine Ruhe. Streitereien und Hänseleien waren an der Tagesordnung. Alles befand sich im Chaos und es gab nichts, woran ich mich orientieren konnte. Die Lehrer mischten sich in die Prügeleien nicht mehr ein und überließen uns Kinder sich selbst.

Also lernte ich in der Schule weiter nichts und war erfüllt von der Sehnsucht nach Freunden und einer normalen Kindheit. Irgendwann fand ich heraus, dass man all die hässlichen Gefühle wunderbar mit Alkohol und Kiffen betäuben konnte. Endlich gab es einen Ausweg aus der Hölle meines Alltags. Ich begann, die Schule zu schwänzen, zu trinken und zu kiffen. Nur dann verspürte ich einen Zustand, in dem mich all das Negative, zumindest vorübergehend, nicht erreichte. Meine Sorgen und Ängste verschwanden ebenso wie das Heimweh. Mein Leben wurde für einige Stunden erträglich. Doch bald schon holte mich die Realität wieder ein.

Mit drastischen Disziplinarstrafen versuchten unsere Erzieher, pädagogisch wertvoll, auf uns einzuwirken und unserem Leben eine positive

Wendung zu geben. Vergaß einer von uns den Müll hinauszubringen, so mussten alle sechs Jungen in Unterwäsche stundenlang bei Minusgraden in der kalten Scheune stehen. Für das kleinste Vergehen gab es härteste Strafen. Sie nahmen uns unsere Sachen weg und sperrten uns auf unseren Zimmern ein, wo wir allein mit unseren quälenden Gedanken und Gefühlen waren. Das Personal wechselte ständig und es gab für uns keine feste Bezugsperson.

In dem Jugendhaus lebte niemand, der sich wirklich für uns interessierte. Unsere Familien hatten den Kampf überfordert aufgegeben. In eine normale Schule passten wir nicht, also wurden wir weggesperrt. Die einzige Flucht, die uns blieb, waren Drogen und Alkohol. Mit einem der Jungs, der bereits sechzehn war, trank ich bald regelmäßig Bier und hörte Musik. Dann konnte ich die Welt, die ich nicht verstand und die mich nicht verstand, leiser drehen und beinahe ausblenden. Das Gefühl der Hoffnungslosigkeit, das mich während dieser Wochen und Monate erfüllte, kann ich heute noch nachempfinden. Es macht mich traurig, denn ich weiß, da draußen gibt es noch viele Orte wie das Jugendhaus und eine ganze Menge Jungen, die sich ebenso einsam fühlen wie ich damals.

Es war nicht verwunderlich, dass Jan aufgrund der Erfahrungen in dem Jugendhaus immer verschlossener und aggressiver wurde. Auch seine Noten besserten sich nicht. Die Gespräche zwischen mir und den Betreuern wurden immer angespannter. Nach zwölf Monaten erzieherischer Maßnahmen, familien- sowie paartherapeutischem Einwirken seitens der »Profis«, wurde uns Folgendes mitgeteilt: Alle pädagogischen und therapeutischen Mittel für Jan seien ausgeschöpft. Jan sei nicht erziehbar, weshalb sie sich entschlossen hätten, ihn in eine geschlossene Einrichtung zu überstellen.

Ich traute meinen Ohren nicht. Sie hatten meinen Sohn aufgegeben und wollten ihn wegsperren? In der Tat hatten sie bereits eine entsprechende Einrichtung ausgesucht. Fassungslos nahm ich Jan wieder mit nach Hause.

Keiner von euch

Nachdem Jan wieder bei uns eingezogen war, versuchte ich, positive Stimmung zu verbreiten, doch es war deutlich spürbar, wie sehr ihn diese erneute Enttäuschung getroffen hatte. Wieder hatten wir unsere Hoffnung in etwas gesetzt, was in der Konsequenz die Situation für Jan noch verschlimmert hatte. Ich fühlte mich hilflos und wütend, doch bemühte mich, es Jan nicht merken zu lassen. Ich wollte nicht, dass er das Gefühl bekam, alle Möglichkeiten seien ausgeschöpft, auch wenn ich tatsächlich mit dem sprichwörtlichen Latein am Ende war. Wie sollte es jetzt weitergehen?

Ich stürzte mich verzweifelt in die Suche nach Lösungen, schleppte Jan zur Akupunktur und hielt auch an der Spezialbrille, mit der das »Lesen nach Farben« möglich sein sollte, fest. In der Sonderschule blieb Jan ein Außenseiter, er zog sich immer mehr zurück. Heute weiß ich, dass er damit versuchte, sich zu schützen vor einer Welt, die ihn abstieß, als sei er ein Fremdkörper.

Zwar nahm ich mir vor, es nicht mehr zu

Konflikten zwischen uns kommen zu lassen, doch diese waren nahezu unvermeidbar. Als Reaktion floh Jan immer häufiger von zu Hause, trieb sich draußen bei »Freunden« herum und entzog sich meiner Kontrolle.

Meine Umwelt redete mir unablässig ein, ich solle aufpassen, dass Jan, inzwischen ein Teenager, mir nicht entglitt. Aber genauso fühlte es sich an. Ich sah ihn in Drogen und Kriminalität verwickelt und malte mir alle möglichen Schreckensszenarien aus, ohne wirklich zu wissen, was Jan tat und was in ihm vorging. Wenn ich heute Eltern über ihre aufsässigen Teenager sprechen höre, denen sie mit Autorität begegnen, dann verspüre ich stets den Impuls, sie zu warnen. Aus meiner Erfahrung heraus bin ich überzeugt, dass kein Kind »einfach so« schwierig ist und dass wir es als Eltern unseren Kindern schuldig sind, alle Ursachen in Betracht zu ziehen, bevor wir dem Kind ein Defizit oder charakterliche Schwäche unterstellen. Manchmal kommt es mir so vor, als misstrauen wir unseren Kindern, wenn sie heranwachsen, viel zu sehr und schaffen damit eine Distanz, die im schlimmsten

Fall verhindert, dass wir dann, wenn sie uns eigentlich am nötigsten brauchen, nicht für sie da sind.

Bis heute mache ich mir Vorwürfe, in jener Zeit nicht genauer auf Jans Signale geachtet zu haben, nicht hingesehen zu haben, was da mit meinem Kind passierte, weil mir ständig suggeriert wurde, es mangele Jan nur an der richtigen Erziehung. Was er wirklich brauchte, war jemand, dem er vertrauen konnte und der ihm das Gefühl gab, in dieser Welt richtig zu sein. Stattdessen verletzte die Welt ihn weiter. Mir selbst zu verzeihen, dass ich ihn davor nicht beschützt habe, ist mir bisher nicht gelungen.

Jan
Die Erinnerung an die Zeit nach dem Jugendhaus Landau ist seltsam verschwommen und ungenau, wie in einem Film, dem die Bilder fehlen.

Ich weiß, dass ich unglücklich war und den Glauben daran, dass das Leben irgendwann besser werden würde, Stück für Stück verloren hatte. Inzwischen war ich kein Kind mehr, sondern verstand ganz deutlich, was mir meine Umwelt zu verstehen gab: Etwas mit mir stimmte nicht, ich war anders als sie. Das entsprach meiner eigenen Wahrnehmung. Während alle anderen in einem großen Stadion saßen und gemeinsam eine Party feierten, lief ich allein um das Stadion herum und suchte nach dem Eingang.

Die Wahrnehmung, nicht dazuzugehören, verstärkte sich mit jedem Tag. Ich wünschte mir jemanden, der mich verstand und der mir sagen konnte, dass eines Tages alles besser werden würde. Doch diesen Jemand gab es nicht. Meine Mutter probierte zwar so ziemlich alles aus, um mir neuen Mut zu machen, doch tief in mir hatte ich resigniert.

Den Schulalltag ließ ich widerwillig über mich ergehen und auch zu Hause war die Stimmung angespannt. Draußen gab es kaum Freunde, zu denen ich mich zurückziehen konnte. Jugendliche, mit denen ich herumhing, waren zwar keine Freunde, aber Schicksalsgenossen. Außenseiter wie ich, allerdings nicht ausschließlich aufgrund ihres Verhaltens, sondern weil sie in den sozial schwachen Randgebieten des Ortes wohnten und sich niemand um sie kümmerte. Die Jungen waren so alt wie ich und verbrachten ihre Tage mit Computerspielen; die Eltern interessierten sich nicht für das, was sie machten. Hier konnte ich mich verstecken, vor der Welt fliehen und für ein paar Stunden vergessen, was mich quälte. Das Skateboard fahren befreite mich ebenfalls. Ich fühlte mich unbelastet und konnte mich auf die Tricks konzentrieren.

An manchen Tagen, wenn niemand von den Erwachsenen da war, feierten wir regelrechte Partys, auf denen hin und wieder auch ältere Jungs auftauchten. Es kam vor, dass einige von ihnen uns Jüngere ins Badezimmer lockten. Anschließend drohten sie, uns zu verprügeln oder unseren Eltern etwas anzutun, damit wir schwiegen. Wir schwiegen, denn wer hätte uns schon geglaubt. Es gab niemanden, dem wir genug vertrauten, um uns zu offenbaren. Ich nehme heute an, dass die Täter das genau wussten und uns deshalb auswählten.

Mehr als dreizehn Jahre konnte ich über das, was dann geschah, nicht sprechen. Es verfolgt und belastet mich bis heute. Damals empfand ich so viel Scham und Schuld, dass ich begann, mich Tag für Tag zu betrinken, nur um nicht daran zu denken. Wann immer ich nüchtern war, holten mich die Erinnerungen ein. Sie waren unerträglich für mich. Erst als Erwachsener, durch Ermutigung meines Therapeuten, konnte ich meiner Mutter sagen, was in der Vergangenheit passiert war. Es kostete mich unfassbar viel Überwindung.

Ich weiß heute, dass ich keine Ausnahme bin. Heranwachsende Jungen, die zu Hause Probleme haben oder sich von der Welt missverstanden fühlen, sind leichte Opfer und werden deshalb nicht selten bewusst ausgewählt. Für Jungen ist es noch schwerer darüber zu sprechen als für Mädchen, gerade weil man sie als heranwachsende Männer nicht in der Opferrolle sehen will.

Über das, was mir in der Zeit von meinem zwölften bis vierzehnten Lebensjahr geschehen ist, kann ich bis heute nicht sprechen. Jetzt, mit 31 Jahren, beginne ich erst Zugang zum Erlebten zu bekommen und es langsam in einer Therapie aufzuarbeiten. Dreizehn Jahre habe ich schweigend meine Ängste und meine Scham tief in mir vergraben. Bis ich, bestärkt durch meinen damaligen Therapeuten, das Schweigen gebrochen und meinen Eltern vom erlebten sexuellen Missbrauch erzählt habe. Nicht innerhalb der Familie, auch nicht im Zusammenhang mit kirchlichen Trägern, sondern über selbst gewählte »Freunde« ist dieses Böse in mein Leben getreten und beeinflusst es bis heute. Die Tiefe, in der ich die Bilder des Missbrauchs in meinem Inneren verborgen habe, macht es mir schwer, ein normales Maß an Selbstwertgefühl aufzubauen und mich als wertvolles Mitglied dieser Gesellschaft zu sehen. Nächte, die ich verängstigt in dunklen Zimmern verbrachte, wartend auf das, was im nächsten Moment durch die geschlossene Tür kam, wissend, dass das, was mir geschah, nicht recht war und doch nicht in der Lage zu sein, auszusteigen und einfach zu gehen. Sexueller Missbrauch, so bezeichnet man das wohl, was da mit mir geschehen ist. Ein Begriff, den ich damals noch gar nicht kannte. Ich weiß nicht, was schlimmer war, die sexuellen Übergriffe oder die absolut brutalen körperlichen Misshandlungen, deren Narben bis heute auf meinem

Körper zu sehen sind.

Ich ertränkte all das in Alkohol. Jeden Tag besorgte ich mir Bier oder Schnaps und trank, bis sich jenes angenehm warme Gefühl um meine Seele gelegt hatte, das alles irgendwie weich machte, so dass ich es aushalten konnte. Damit meine Mutter davon nichts mitbekam, legte ich mir über den Tag hinweg ausgefeilte Strategien zu, um meinen Pegel halten zu können. An Lernen war so natürlich nicht zu denken, doch die Sonderschule war für mich ohnehin bestenfalls eine Verwahr- und keine Lehranstalt. Die Tage verschwammen in einem trüben Nichts, in dem ich ziellos umherirrte.

Igor gehörte zu dem Kreis von Jugendlichen, mit denen ich damals meine Freizeit verbrachte. Er war Russe und kam aus einer Familie, von der man munkelte, dass sie in allerlei Halbwelttätigkeiten verwickelt war. An Außenseitertum gewöhnt, gab mir diese Familie nicht wie alle anderen das Gefühl, irgendwie auffällig oder anders zu sein. Eines Tages kam, aus welchen Gründen auch immer, die Sprache auf meinen Missbrauch und auf den Mann, der mir das angetan hatte. Nicht sehr lange danach sagte Igor zu mir: »Das wird nie wieder passieren, Jan. Wir haben uns darum gekümmert.«

Den Täter habe ich seither nie wieder gesehen.

Es gab wenige Dinge, die mich mit anderen Teenagern verbanden. Das Skateboarden war eine Sache, für die ich ein gewisses Talent hatte und das mich ablenkte. Darüber hinaus gab es nur den Alkohol. Über Jahre hinweg lernte ich, meinen Konsum zu perfektionieren, so dass es niemandem auffiel. Ich rauchte und kiffte auch, doch der Alkohol war mein Instrument, um die unliebsamen Erinnerungen zu verdrängen. Er half mir, zu vergessen, besser noch: Er ließ mich nicht fühlen, wie anders ich war. Wenn ich trank, fiel es mir leichter, mit anderen zu sprechen, zu funktionieren. Nur wenige schafften es, die Mauern, die ich nach und nach um mich herum errichtet hatte, zu überwinden. Einer von ihnen war Bastie, mit dem ich öfter herumhing, PC-Spiele spielte und kiffte. Manchmal schwiegen wir und manchmal redeten wir über alle möglichen Dinge. Bei ihm konnte ich einfach ich sein, wenn die Welt wieder zu zerbrechen schien.

Ihm war es nie egal, welche Probleme ich hatte, aber er fragte nicht oder bohrte nach Antworten, sondern er hatte, wenn ich etwas erzählte, einen guten Rat für mich. Er nahm mich in den Arm und tröstete mich, wenn es sein musste. Er sah nie das Problemkind in mir. Denn das war es, was alle in mir sahen. Ich war ein Problem. Ich las es in den Gesichtern der Bekannten meiner Mutter, der Lehrer, der Nachbarn. Für Dinge, mit denen sich andere Jugendliche beschäftigten, Partys, Musik oder das andere Geschlecht, hatte ich keinen Sinn. Ich war damit beschäftigt, zu überleben.

Im Rückblick erscheint es nur schwer nachvollziehbar, warum ich nicht bemerkte, was in Jan vor sich ging, doch seine Gefühlswelt hatte sich von jeher von der anderer unterschieden und es war schwer, mit ihm darüber zu kommunizieren. Ich bemerkte zwar, dass er immer unglücklicher wurde, hatte gleichzeitig aber keine Ahnung, wie ich ihm helfen sollte. Zu jener Zeit war ich beruflich stark eingebunden und außerdem gab es wenig, was ich noch tun konnte. Das Jugendamt hatte seine Unterstützung beendet. Jan galt als schwer erziehbar. Eine Antwort auf die Frage, was mit ihm los war, hatten wir noch immer nicht bekommen und so vergingen die Tage und Wochen, ohne dass sich etwas änderte.

Dieser Verlauf ist in der Rückschau auf tragische Weise nachvollziehbar. Das Hilfesystem für auffällige Kinder hat bestimmte Standardantworten auf Standardprobleme, die von Sonderbeschulung bis Unterbringung und zeitlich begrenzte Maßnahmen reichen. Fällt aber jemand aus diesem Raster, weil sein Problem in diesen Standardlösungen nicht vorkommt, so versagt das System sehr schnell und lässt die Betroffenen auf dem Abstellgleis alleine.

Jans Aussichten auf einen Schulabschluss standen denkbar schlecht und auch sonst war es um seine Zukunft nicht besonders gut bestellt. Je älter er wurde, umso drängender wurde die Frage, was mit ihm geschehen würde, wenn er von der Schule abging. Wie jede Mutter wünschte ich mir, dass er ein selbstbestimmtes Leben führen konnte, mit einem Beruf, der ihn ausfüllte und gut versorgte. Doch Jan war schon damit überfordert, überhaupt irgendwie zurechtzukommen und dachte höchstens bis morgen. Hin und wieder packte mich die Wut und ich fragte mich, warum er nicht einfach so sein konnte wie alle anderen. Was hatte ich falsch gemacht? Und vor allem: Wie konnte ich ihm helfen? Je mehr Zeit verging, umso offensichtlicher war es, dass sich Jans Probleme nicht einfach verwachsen würden, sondern dass sie sich im Gegenteil sogar noch verfestigten. Ich hatte die Vorstellung, dass es da irgendwo in ihm einen Knoten gab, der nur platzen musste, damit er frei war, er selbst zu sein. Mir kam es immer so vor, als würde ihn etwas davon abhalten, derjenige zu sein, zu dem er bestimmt war. Doch ich kam einfach nicht darauf, was das sein konnte. Ich las und forschte, klammerte mich an jede noch so winzige Neuheit, die vielleicht Licht ins Dunkel bringen würde. Jan entfernte sich weiter von mir. Den Zutritt zu seiner Welt verwehrte er mir, je mehr Zeit wir ungenutzt verstreichen ließen. Ich wünschte mir so sehr, dass er all das erleben konnte, was das Leben für Teenager so bereithält: die erste Liebe, die ersten Partys. Doch Jan hatte kaum Freunde und ein Interesse an Mädchen ließ sich überhaupt nicht erkennen. Die Aussichten auf einen Beruf waren denkbar gering und uns lief allmählich die Zeit davon. Von Jans Alkoholproblem wusste ich zu jener Zeit nichts und fiel aus allen Wolken, als ich davon erfuhr.

Dazu kam es kurz nach Jans achtzehnten Geburtstag. Normalerweise ist dieses Datum ein Anlass zum Feiern. Aus einem Kind wird ein Erwachsener und wird in die Freiheit eigener Entscheidungen entlassen, doch Jan wollte seinen Geburtstag weder feiern noch überhaupt an ihn erinnert werden. Allmählich wurde immer deutlicher, was ihm verwehrt blieb. Andere junge Erwachsene hatten in seinem Alter schon einen Schulabschluss, waren in einer Ausbildung oder bereiteten sich auf ein Studium vor. Die meisten verfügten über einen Führerschein und machten die ersten Erfahrungen als Erwachsene. Jan hingegen lebte in einer Zwischenwelt, in der sich nichts veränderte, er wurde nur älter.

»Es muss etwas passieren«, sagte er eines Tages zu mir und erleichtert registrierte ich, dass Jan einen neuen Anlauf unternehmen wollte, sich aus seinem Tief zu holen. Ich hörte mich um, welche Einrichtungen es für Fälle wie Jan gab. Von einem sehr guten Freund wurde mir das »Haus am Birkenhain« wärmstens empfohlen. Dieses Mal nahm Jan eigenständig erneut Kontakt mit dem Jugendamt auf.

Das »Haus am Birkenhain« verfolgte ein gänzlich anderes Konzept als das Jugendhaus Landau. Dort lebten Jugendliche und junge Erwachsene mit den unterschiedlichsten Problemlagen in kleinen Wohngruppen zusammen, die von einem festen Bezugsbetreuer begleitet wurden. Anfangs waren sie in einen engen Rahmen aus Betreuung eingebunden, konnten aber dann in andere Bereiche umziehen, in denen sie immer mehr Selbstständigkeit erlangten. Das Wertvollste aber war die hausinterne Schule, auf der Jan seinen Hauptschulabschluss machen konnte.

Nachdem wir uns die Einrichtung angeschaut hatten, sagte Jan sofort »Ja«. Auch für mich war das okay. Es herrschte eine warme, verständnisvolle und sehr professionelle Atmosphäre, obwohl die Bewohner teilweise noch schwerwiegendere Probleme mitbrachten als auf dem Jugendhof. Genau das war es aber, was mir Mut machte. Wenn man dort mit solchen Fällen fertig wurde, dann würde man auch Jan helfen können. Zumindest war ich bereit, das zu glauben.

Diesmal fiel uns der Abschied sehr viel leichter. Wir alle hatten gespürt, dass es zu Hause nicht mehr weiterging. Jan brauchte dringend eine Perspektive, etwas, was ihm Hoffnung gab und Lust auf das Leben vermittelte. Immerhin war er noch so jung, alles lag noch vor ihm, auch viele schöne Dinge, von denen er gar nichts wusste. Im Birkenhain war er gut aufgehoben, davon war ich überzeugt. Für vier Wochen durften wir keinerlei Kontakt haben. Das war nicht ganz einfach. Irgendwie fühlte ich, dass Jan durch eine schwere Zeit ging. Als wir ihn besuchten, machte er einen mitgenommenen, aber auch aufgeräumten Eindruck. Sein Umfeld erlebte er als stressig. Viele der anderen Jungen litten unter Beeinträchtigungen, die den Alltag auf dem »Birkenhain« ziemlich nervenaufreibend machen konnten. Von Schreiattacken über Nervenzusammenbrüche, körperliche Gewalt bis zu anderen unerwarteten Verhaltensweisen. Für Jan war es nicht einfach, sich in einer so chaotischen Umgebung zu orientieren und auf das zu hören, was ihm seine Gefühle sagten. Doch er hielt durch.

Als ich dann den Anruf bekam, dass Jan sich auf einer Entzugsstation befand, brach der Himmel über mir zusammen.

Jan
Ich weiß nicht mehr genau, wann mir bewusst wurde, dass sich an meinem Leben etwas ändern musste. Schon Jahre vor meinem achtzehnten Geburtstag fühlte es sich an, als steuerte ich auf ein riesiges, schwarzes Loch zu, das mich zu verschlingen drohte. Alles erschien so sinnlos. Die Depression hatte mich fest in ihren Klauen und ließ mich auch nicht mehr los.
Mit sechzehn hatte ich meine Regelschulzeit erfüllt und ging ohne Abschluss von der Schule ab.

In einem berufsvorbereitenden Jahr steckte man mich in einen Schreinerbetrieb, in dem ich es keinen Tag aushielt. Die derben Sprüche der anderen Männer, der raue Umgangston, das frühe Aufstehen. Ich schaffte es einfach nicht. Ich wollte keine Lehre, keine Ausbildung, ich hatte alle Hände voll damit zu tun, überhaupt den Alltag zu überleben. Für nichts hatte ich Energie, es fehlte mir an Antrieb. Morgens aus dem Bett zu kommen, überstieg häufig schon meine Kräfte und das lag nicht nur am Alkohol. Wie sollte ich da arbeiten lernen?

»Du bist doch noch jung«, hieß es immer, wenn ich versuchte, darüber zu sprechen, über dieses Gefühl, dass mit mir etwas nicht stimmte, etwas Körperliches. Andere bekamen das doch auch hin. Aber niemand hörte mir zu. Sie hielten mich für einen Faulenzer, einen Versager, einen Schulabbrecher, einen, der an den normalsten Dingen scheiterte und es gab nichts, was ich dagegen anführen konnte. Hatte mich das früher wütend gemacht, so resignierte ich allmählich. Mir wurde alles gleichgültig. Ich trank noch mehr und kiffte obendrein, was ich eigentlich nicht

brauchte. Ich brauchte nur den Alkohol.

Ich brach das Praktikum ab und flog aus der Maßnahme. Mir war es gleich, ich hatte ohnehin keine Hoffnung mehr für mich selbst. Danach kam ein großes Nichts. Meine Mutter drehte fast durch, weil es mit mir und meinem Leben nicht weiterging und ich nun ohne Schulabschluss und ohne Ausbildung dastand. Sie kontaktierte jeden in ihrem riesigen Netzwerk und fragte um Rat und Hilfe. Ein guter Freund, selbst Schulleiter, empfahl schließlich den Birkenhain, und als wir dorthin zu Besuch fuhren, wusste ich vom ersten Augenblick an, dass ich dort bleiben wollte. Dass ich dort meinen Hauptschulabschluss nachholen konnte, und zwar in meinem Tempo, war das größte Geschenk überhaupt.

Meine Erfahrungen mit Einrichtungen dieser Art waren eher negativer Natur, doch auf dem »Birkenhain« ging es ganz anders zu als damals auf dem Jugendhof. Es gab mehr Betreuer, ein riesiges Gelände und das Konzept war erprobt. In mehreren Stufen eingebunden, wohnte man zunächst im inneren Gebäude in einer Gruppe. Rund um die Uhr betreuten uns mehrere

Pädagogen, es gab viele Kontrollen und wir alle mussten Dienste übernehmen. Nach erfolgreichem Durchlauf dieser Stufe, die mindestens zwölf Monate dauerte, konnte man in den sogenannten »Außenwohnbereich« umziehen, wo nur noch tagsüber ein Erzieher da war und wir schon sehr viel mehr Entscheidungsfreiheit hatten. Doch dort hinzukommen, war nicht leicht.

Mein Zimmer war hässlich, in rustikaler Eiche eingerichtet und sah genauso trostlos aus, wie ich mich in meinem Inneren fühlte. Meiner Mutter fiel es sichtlich schwer, mich hier zu lassen, immerhin fünfzig Kilometer von zu Hause entfernt. Doch ich hatte keine andere Wahl, ganz gleich, wie furchtbar ich es hier fand. Das hier war meine letzte Chance, der finale Countdown. Es gab keine Alternative, wenn ich nicht in der Gosse, im Irrenhaus, im Knast oder auf dem Friedhof landen wollte, und das wollte ich alles auf gar keinen Fall. Vielleicht konnte ich kein ganz »normales« Leben führen, so wie viele andere, doch ich wollte zumindest eines, in dem ich glücklich war und nicht jeder Tag von dieser bleiernen Schwärze erfüllt war.

Auf dem Birkenhain lebten Kinder und Jugendliche mit seelischen Behinderungen. Dementsprechend turbulent ging es dort auch zu. Im »Innenwohnbereich«, da, wo auch ich über ein Jahr lang leben sollte, kam es ständig zu Zwischenfällen. Es gab Streit, Prügeleien, Ausraster, Selbstverletzungen und jede Menge Regelverstöße. Wir tranken, kifften und vor allem hatten wir Sex miteinander. Jedenfalls die anderen Mitbewohner meiner Altersgruppe. Irgendein, leicht weltfremder, Pädagoge hatte nämlich entschieden, dass es eine gute Idee sei, seelisch kranke Jugendliche beiderlei Geschlechts, in einer Gruppe zusammenzulegen, gemeinsam für den größten Teil des Tages aufzubewahren und in den Nächten in benachbarten Zimmern schlafen zu lassen. Mir war das Chaos zu viel, ich fühlte mich fremd. Ich hatte keine wirkliche Diagnose, war kein Borderliner, kein Soziopath, hatte keine Schizophrenie. Mein Problem war es nicht, zu viel zu fühlen, sondern eher viel zu wenig, die Welt nur durch einen dicken Nebel wahrzunehmen. Ich beobachtete das wilde

Treiben manchmal amüsiert, manchmal abgestoßen und machte mich vor meiner Mutter darüber lustig. Wir lachten gemeinsam darüber und es half uns, damit fertig zu werden, dass ich an einem solchen Ort leben musste.

Ja, so war es, ich lebte jetzt hier und das würde noch eine ganze Weile so bleiben. Das Jugendamt hatte der Maßnahme für einen Verlauf von knapp fünf Jahren zugestimmt und mit siebzehn sind fünf Jahre eine wirklich lange Zeit.

Morgens stand ich auf, ging zur Schule, kam mittags zurück, musste Dienste verrichten, an Veranstaltungen teilnehmen, Hausaufgaben machen und lag dann früh wieder im Bett. Gelegenheit zum Blödsinn machen gab es dennoch genug, doch mir war nicht danach. Alles was ich wollte, war trinken, was mir auch trotz des straffen Tagesprogramms gelang. Neben dem Unterricht in der hauseigenen Hauptschule, auf die nur Schüler gingen, die im Birkenhain lebten, gab es Gruppentherapien, Einzelgespräche und Antiaggressionstrainings. Wir sollten lernen, mit unseren Gefühlen umzugehen und

Verantwortung für unser Leben zu übernehmen. Mit mir lebten dort Jugendliche mit den unterschiedlichsten psychischen Problemen. Bei einigen war der Aufenthalt eine Bewährungsauflage, andere litten unter Psychosen, Wahnvorstellungen, Tourette, Persönlichkeitsstörungen wie Borderline oder hatten andere Probleme. Einige verletzten sich selbst, andere rasteten immer wieder völlig aus. Und ich mittendrin. Wieder fühlte ich mich fehl am Platz und doch gab es zurzeit keinen anderen Ort für mich. Zwar mochte ich keine seelische Behinderung haben wie all die anderen hier, doch dass etwas mit mir nicht stimmte, nicht stimmen konnte, das merkte ich deutlich.

Es machte mich verrückt, dass ich nicht bestimmen konnte, was es war. Immer wieder wurde mir das Gefühl vermittelt, meine Defizite seien ein Charakterfehler, mein »Wollen« nicht genug, meine Anstrengungen nicht ausreichend, als sei alles, was ich tue, grundsätzlich falsch, nur weil ich es tue. Die Hoffnung, eine Antwort auf die drängende Frage, was mit mir nicht stimme und wie man es möglicherweise korrigieren könne, im

Birkenhain zu finden, hatte ich aufgegeben. Aber ich wünschte mir, dass man mir zeigen würde, wie ich in einer Gesellschaft funktionieren konnte, arbeiten ging, Rechnungen bezahlte, zurechtkam. Ich wollte Kontrolle über meine Gefühle und endlich etwas finden, was gegen die immer stärker werdende Antriebslosigkeit half, die mich inzwischen täglich überfiel.

Andere junge Männer in meinem Alter strotzten vor Kraft und Tatendrang und waren, zumindest körperlich, auf dem Gipfel ihrer Leistungsfähigkeit, während ich es an den meisten Tagen schon anstrengend fand, überhaupt aus dem Bett zu kommen. Für alles fehlte mir die Kraft und ich wusste nicht, warum. Zu nichts konnte ich mich aufraffen. Alles erschien mir wie eine endlose Qual, so, als laste eine unsichtbare, bleierne Bürde auf mir, die mit jedem Jahr schwerer wurde. Für das, was ich fühlte oder wie ich die Welt erlebte, gab es keine Worte, keine Möglichkeit, mich zu erklären und es anderen verständlich zu machen und das vertiefte meine Einsamkeit. Hinzu kam die Wahrnehmung, dass ich eine Enttäuschung war, einer, der es nicht geschafft hatte, und das nicht, weil ich falsche Entscheidungen getroffen hatte, wie viele Jugendliche, sondern einfach, weil ich so war, wie ich war, ohne dass ich wusste, wie es mir gelingen konnte, ein anderer zu werden.

Wenn ich heute zurückschaue und mich mit achtzehn sehe, dann bekomme ich manchmal Gänsehaut, weil es so knapp gewesen war. Ich trank, seit ich zwölf oder dreizehn war; seit meinem vierzehnten Lebensjahr war ich Alkoholiker. Ich trank jeden Tag, vor allem Bier. Irgendwann auch schon vor der Schule und in den Pausen. Einen Tag ohne Alkohol zu überstehen, war unvorstellbar. Ich brauchte ihn, um morgens aus dem Bett zu kommen und das Zittern meiner Hände zu beruhigen. Mein Körper schrie nach Alkohol und konnte ohne ihn nicht mehr funktionieren. Ich brauchte nicht viel, nur einen konstanten Pegel, erst, um die hässlichen Erinnerungen zu verdrängen, dann, um meine Entzugserscheinungen zu lindern. Doch um das zu erreichen, musste ich immer mehr trinken. Apfelkorn, Spirituosen, Starkbier. Manchmal trank ich mit anderen, oft allein. Alkohol bekam ich überall. Und wenn ich im Unterricht eine Fahne hatte, interessierte das die Lehrer wenig. So richtig betrunken wurde ich bald nicht mehr, nur ein wenig zugedröhnt. Die Welt wurde weich, erträglich, es fühlte sich weniger schrecklich an, ich zu sein, mit meiner Vergangenheit und meinen Zukunftsaussichten zu leben. Beide waren düster. Ich umgab mich mit Mauern, so hoch und so stark, dass sie niemand überwinden konnte. Keinem vertraute ich mich an, in der Gewissheit, dass mich sowieso niemand verstehen würde.

Mit fünfzehn schwänzte ich regelmäßig die Schule, saß im Stadtpark und trank. Meine Mutter bemerkte von alldem nichts. Ich machte es mir zunutze, dass sie oft bis spät am Nachmittag arbeitete und viele andere Dinge um die Ohren hatte, so dass sie nichts von meinem Alkoholkonsum mitbekam. Ich wurde bald ein Meister darin, meine Sucht zu verbergen. Ich kaute Kaugummis, hielt Abstand zu anderen, atmete in die andere Richtung, fand immer neue, fantasievolle Verstecke für meine Alkoholvorräte oder einen Weg, um an ein bisschen Kleingeld für Nachschub zu kommen. Es ist wirklich erstaunlich, wie leicht es für einen Minderjährigen war, sich auch harten Alkohol zu besorgen.

Damals war mir nicht bewusst, dass ich ein Alkoholproblem hatte. Ich wusste, ich trank mehr als andere, und ich wusste, ich brauchte den Alkohol, doch als Alkoholiker sah ich mich nicht; immerhin fiel ich nicht besoffen durch die Gegend, wurde nicht gewalttätig oder ausfallend. Alkohol machte mich friedlich, beruhigte mich. Nur wenn man mich provozierte, verlor ich die Fassung sehr viel schneller.

Süchtig zu sein ist ein seltsamer Zustand, der schizophrene Züge hat. Man erlebt sich und den eigenen Konsum, würde jedoch bei anderen ein solches Verhalten sofort als Sucht erkennen. Man bekommt es sogar hervorragend hin, einfach überhaupt nicht über seine Trinkmenge nachzudenken und so zu tun, als sei es das Normalste auf der Welt, um sechs Uhr morgens noch vor dem Zähneputzen, einen halben Liter Bier zu trinken.

Selbst auf dem Birkenhain, unter strenger Betreuung und ständiger Überwachung, gelang es mir, meine Sucht vier Monate lang zu verbergen. Ich benutzte Mundspray und ging früh ins Bett, bis ich irgendwann aufflog und zu einem Gespräch mit dem Arzt der Einrichtung geschickt wurde.

Erst während dieser Unterhaltung wurde mir zumindest umrissartig klar, dass ich ein Suchtproblem hatte. Bis zu diesem Zeitpunkt hatte ich diesen Umstand schlichtweg ignoriert und sogar meine Umwelt davon überzeugen können, nicht näher hinzuschauen.

Der Arzt fragte mich unumwunden, seit wann und wie viel ich trank. Tatsächlich war er der erste Mensch, der mir diese Frage so direkt stellte. Ich antwortete ehrlich, es kam mir gar nicht in den Sinn, zu lügen. Je mehr ich aufzählte, umso größer wurden seine Augen.

»Herr Schone, von Ihrem Suchtproblem wussten wir nichts«, sagte er zu mir. Ich? Suchtproblem? Das klang absurd. Ich begann mich zu verteidigen, fand tausend Ausreden und Erklärungen, weshalb es einfach nicht stimmen konnte, dass ich süchtig war. Doch je länger ich redete, umso deutlicher wurde, wie recht er hatte.

»Wenn Sie hier bei uns bleiben möchten,

müssen Sie einen Entzug machen, und zwar unter professioneller Aufsicht. Der Konsum von Alkohol ist hier verboten und Sie sind abhängig. Das geht nicht.«

Erst war ich irritiert. Dann wütend. Dann wurde ich traurig und schließlich nickte ich. Ein Teil von mir wusste, dass er Recht hatte.

Vom »Birkenhain« aus schickte man mich zur Suchtberatung der Diakonie, die sofort entschied, dass mein Entzug nur stationär durchgeführt werden konnte. Wenn ein starker Alkoholiker, und ein solcher war ich inzwischen zweifellos, auf einmal aufhört zu trinken, kann das epileptische Anfälle auslösen und er sogar ins Koma fallen. Die Entzugserscheinungen sind so stark, dass man daran sterben kann. Doch davor hatte ich keine Angst. Ich begriff irgendwie, dass sich mir hier eine einmalige Chance bot und dass ich verloren war, wenn ich sie nicht ergriff. Also war ich bereit, alles dafür zu tun. Als dann auch noch sofort ein Platz auf einer Suchtstation frei war und ich aufgenommen werden konnte, zögerte ich nicht lange und ging sofort hin, ohne meiner Mutter oder jemand anderem davon zu erzählen. Ich musste das jetzt ganz einfach tun. Wie schwer es sein würde, vom Alkohol wegzukommen, ahnte ich nicht.

Auf der Station angekommen, sah ich lauter kaputte Menschen, die ihr Leben an den Alkohol verloren hatten. Nicht wenige hatten bereits dutzende Entzüge hinter sich und wurden doch immer wieder rückfällig. Sie versoffen ihr Geld, ihre Familien, ihre Zukunft, ihre Rente, ihr Glück und schließlich ihre Gesundheit. Ich gehörte zu den Jüngeren dort und war erstaunt, hier auf Leute aus allen Schichten und Generationen zu treffen. Vom Apotheker bis zur Putzfrau war alles dabei und sie alle tranken. Einige waren Pegeltrinker, so wie ich, oder Quartalssäufer oder was auch immer. Eines wurde mir allerdings sofort klar: Ich jedenfalls wollte niemals so enden wie sie. Dies hier würde mein erster und letzter Entzug werden, koste es, was es wolle. Ich würde den Dämon Alkohol jetzt ein für alle Mal besiegen und in der Folge für immer bändigen. Ich würde mir nicht durch den Suff mein Leben versauen. Oh, nein!

Die ersten Entzugserscheinungen stellten sich schon nach wenigen Stunden ein. Kalter Schweiß brach mir aus, mein Puls raste und mein Blutdruck schnellte in die Höhe. Schwindel und Übelkeit überkamen mich, ich fühlte mich benommen, mein Mund trocken und es dröhnte in meinen Ohren. Dieser Zustand steigerte sich derart, dass ich das Bett nicht mehr verlassen konnte. Alles tat weh. Ich fühlte mich unsagbar schlecht und wäre am liebsten auf der Stelle gestorben. Ich begann, mich zu übergeben, konnte nichts mehr essen, kaum Wasser trinken. Mein Körper kämpfte mit dem Gift, das ich ihm so lange zugemutet hatte. Als meine Mutter auftauchte und Erklärungen verlangte, mir tausend Fragen zu meiner Sucht stellte, war ich kaum in der Lage, ihr zu antworten. Ich muss ausgesehen haben wie ein Häufchen Elend. Sie war sehr besorgt und ich ahnte schon, dass sie sich Vorwürfe machen würde, weil sie meine Sucht nicht erkannt hatte. Doch genau das wollte ich jetzt alles nicht hören. Ich hatte genug damit zu tun, beim Kotzen die Nierenschale zu treffen, die man mir hingestellt hatte. Der Besuch meiner Mutter war nur mit einer Ausnahmegenehmigung möglich gewesen, danach hatte ich fast eine Woche lang Kontaktverbot, um mich auf meinen Entzug zu konzentrieren.

Zwei Tage lang ging ich durch die Hölle. Man bot mir an, Medikamente zu nehmen, die den Entzug linderten und die Symptome verringern, doch ich lehnte ab. Ich wollte, dass es mir dreckig ging. Ich wollte, dass diese Sache hier so schrecklich war, dass ich nie wieder, für den Rest meines Lebens, einen Schluck Alkohol anrühren würde, denn das wäre mein Untergang gewesen. So viel Lebenswille steckte noch in mir. Obwohl es mir so verdammt scheiße ging, fühlte ich mich trotzdem auch stark. Es gab etwas, auf das sich mein Wille konzentrieren konnte, ein Ziel, auf das ich zusteuerte und das tat gut, auch wenn ich zwischenzeitlich weinend und zähneklappernd im Bett lag und mir sicher war, das alles keine weitere Sekunde ertragen zu können. In manchen Momenten zitterten meine Hände so sehr, dass ich keine Tasse festhalten konnte und ich aus einem Strohhalm trinken musste.

Ich ertrug es und lehnte jede

medikamentöse Unterstützung ab. Dieser kalte Entzug war wichtig, denn ich wollte spüren, was ich mir angetan hatte, ich wollte es durchleiden, um in Zukunft vor diesem Dämon geschützt zu sein. Die Erinnerung an diese schrecklichen Tage würde mir in Zukunft noch oft dabei helfen, dem Suchtdruck zu widerstehen.

Am dritten Tag trat Besserung ein. Mein Kreislauf beruhigte sich, ich konnte sogar aufstehen und etwas essen. Am vierten Tag war ich so weit, dass ich mir selbst eingestehen konnte, ein Alkoholiker zu sein. In dieser Erkenntnis lag viel Traurigkeit und Schmerz, aber auch eine Befreiung. Gegen die Alkoholsucht konnte ich etwas tun, nämlich abstinent bleiben. Exakt dazu war ich fest entschlossen. Diese Entscheidung half mir das Drama durchzuziehen.

Nach einer Woche war der Spuk vorbei. Ich war nicht länger auf den Alkohol angewiesen, ich hatte die Sucht besiegt, meine Entzugssymptome waren verschwunden.

Was mir keiner gesagt hatte, war, dass der körperliche Entzug nur ein Teil der Abstinenz ist. Viel schlimmer waren die psychischen

Entzugserscheinungen, die sich am Anfang in fortwährendem Suchtdruck äußerten. Mit der Welt da draußen ohne Alkohol fertig zu werden, war eine gewaltige Herausforderung.

Noch geschwächt durch den Entzug, doch dafür zum ersten Mal seit Jahren wieder nüchtern und klar, kehrte ich zurück in den Birkenhain. Und damit brach für mich ein ganz neuer Lebensabschnitt an. Ich wusste nicht, was mir dieser Lebensabschnitt bringen würde, eines aber war mir mehr als klar und daran hat sich bis heute nichts geändert: Das Erlebte wollte ich nie wieder durchmachen. Bis zum heutigen Tag habe ich keinen Schluck Alkohol mehr angerührt, obwohl der Druck oft kaum auszuhalten war und sich sogar in der Gegenwart immer mal wieder bemerkbar macht. Ich habe gelernt, ihn auszuhalten und mich abzulenken. Trotzdem bleibt es ein Kampf, jeden Tag aufs Neue.

Etwas in mir wollte meiner Mutter erklären, warum ich überhaupt mit dem Trinken begonnen hatte, doch die Scham war zu groß. Ich wusste einfach nicht wie. Also schwieg ich noch viele

Jahre lang, ganz gleich, wie oft sie versuchte, hinter die Ursache meiner Alkoholsucht zu kommen. Es tat mir leid, dass sie die Schuld bei sich suchte und sich Vorwürfe machte, nichts davon bemerkt zu haben, doch ich schaffte es einfach nicht, diese gewaltige Mauer zwischen uns zu überwinden und ihr vom sexuellen Missbrauch zu erzählen. Dieses Thema stand zwischen uns, ohne dass sie davon wusste. Ich flüchtete mich in Ausreden, sagte, es hätte mit meinen Problemen in der Schule zu tun und irgendwie gelang es ihr, dass sie mir das halbwegs abnahm, obwohl sie wohl ahnte, dass viel mehr dahinter steckte.

Um weiter trocken zu bleiben, besuchte ich von jetzt an zweimal in der Woche eine Gruppe für Menschen mit polytoxen Süchten, also Menschen, die gleich von mehreren Stoffen süchtig sind, weil bei mir noch der Cannabiskonsum hinzukam. Vier Jahre besuchte ich diese Gruppe, redete über Suchtdruck und hörte zu, wie andere ihre Sucht bekämpft hatten. Die Treffen halfen mir, stabil zu bleiben. Dort traf ich Menschen, denen es genauso ging wie mir, die oft tief gefallen waren und nun keine Unterschiede mehr machten. Wir hatten alle das gleiche Problem und unterstützten uns mit Tipps und Trost. Ich habe viel Kraft aus dieser Gruppe gezogen.

Fünf Ziele setzte ich mir ab jetzt und hatte, befreit vom Dämon Alkohol, ein gutes Gefühl sie auch erreichen zu können. Der Nebel in meinem Kopf war verschwunden. Ich sah und dachte auf einmal wieder klar, doch das galt leider auch für mein Innenleben. All die verdrängten Gefühle, die Scham, die Schuld, der Hass, die Aggressionen, die Traurigkeit und der Schmerz, die ich über Jahre durch täglichen Alkoholkonsum verdrängt hatte, fielen jetzt über mich her wie hungrige Hyänen. Ich war völlig überfordert damit, sie ohne Alkohol zu bändigen und wurde von heftigen Stimmungswechseln hin und her geschleudert wie eine Nussschale auf einem stürmischen Ozean. Es dauerte eine ganze Weile, bis das nachließ und ich wieder einigermaßen Herr der Lage wurde.

Die fünf Ziele waren:
- meinen Hauptschulabschluss zu machen

- unabhängig und selbstständig zu leben
- ein suchtfreies Leben zu führen
- Freunde zu finden
- meinen Platz in der Gesellschaft zu finden

An diesen fünf Zielen hielt ich eisern fest. Ich sagte sie mir manchmal abends vor dem Schlafengehen auf oder wenn ich etwas Langweiliges zu erledigen hatte, wie etwa den Hof fegen. Es half mir, sie nicht aus den Augen zu verlieren, ganz gleich, wie schwer meine Probleme waren oder wie sicher und gut ich mich für kurze Augenblicke fühlte.

Die Ärzte im Birkenhain nahmen an, ich litte an Depressionen und dass das Trinken eine Art Selbsttherapie gewesen war. Zu Einzelgesprächen mit den Pädagogen des Birkenhain war ich noch nicht bereit; es sollte noch Jahre dauern, bis ich mich öffnen, mich jemandem anvertrauen konnte. Man wollte mir Psychopharmaka verschreiben, Antidepressiva und Beruhigungsmittel, doch ich lehnte ab. Zu sehr hatte es mich erschreckt, was Sucht bedeutete und ich wollte keine neue Abhängigkeit entwickeln. Ich musste das alleine schaffen! Klar und clean und aus eigener Kraft, sonst war es wertlos, so viel hatte ich gelernt.

Als ich von Jans Alkoholsucht erfuhr, fiel ich aus allen Wolken. Ich wollte es nicht glauben, ich konnte es nicht glauben. Mein Sohn, der die meiste Zeit unter meinem Dach gelebt hatte, um den ich mich gekümmert und für den ich gesorgt hatte, war ein Alkoholiker? Und ich, seine Mutter, hatte davon all die Jahre nichts bemerkt? Für mich war das unvorstellbar. Doch genauso war es.

Nachdem mich die Klinik informiert hatte, suchte ich sofort nach einer Mitfahrgelegenheit nach Osnabrück, um so schnell wie möglich zu meinem Sohn zu kommen. Ich versuchte, das alles zu verstehen, doch es wollte keinen Sinn ergeben. Ich reagierte vermutlich wie jede Mutter, wenn sie von der Sucht ihres Kindes erfährt, und so wie die Süchtigen selbst: mit Abwehr. Ich wollte es nicht wahrhaben. Doch die Fahrt dauerte eine Weile und währenddessen erinnerte ich mich an Situationen, an einzelne Sequenzen, die geschehen waren und die erst jetzt ins Bild passten. So war Jan bereits mehrfach betrunken von der Polizei nach Hause gebracht worden, doch ich hatte das abgetan. Jan war eben wild und Jugendliche machten so etwas. Ich hatte es verdrängt und relativiert, ja, auf eine gewisse Weise stimmte es wohl, dass ich nicht hingesehen hatte, denn die Zeichen waren alle immer da gewesen.

Jan erlebte ich in einem schlechten Zustand. Blass, mit tiefen Rändern unter den Augen, ausgezehrten Gesichtszügen und kaltem Schweiß auf der Stirn. Seine Hände zitterten bereits leicht, eine Vorahnung auf das, was ihn noch erwartete.

Während der Fahrt zum LKH kreisten tausend Fragen in meinem Kopf. Wieso, weshalb, warum? Doch ich erkannte schnell, dass es nicht der richtige Zeitpunkt dazu war. Also gab ich ihm nur zu verstehen, dass ich für ihn da wäre, ganz gleich, ob er suchtkrank sei oder nicht und dass wir das gemeinsam durchstehen würden.

Unser nächstes Wiedersehen erfolgte erst, als er bereits zurück im Haus am Birkenhain war. Ich genoss seine positive Veränderung sehr. Aus seinem klaren Blick leuchtete sein fester Wille, etwas zu ändern und um sein Leben und seine Zukunft zu kämpfen. Bei unserem ersten Besuch im Birkenhain hatte man uns ein besonders schönes Zimmer gezeigt. Dass Jan sich nun ein sehr hässliches Zimmer in rustikaler Eiche mit einem anderen Jungen teilen musste, der aufgrund seiner Erkrankung ziemlich anstrengend war, gefiel mir gar nicht, doch Jan war weiter entschlossen, dort zu bleiben und jede Chance auf ein normales Leben zu nutzen.

Wieder fragte ich ihn, warum er mit dem Trinken begonnen und mir das über einen so langen Zeitraum verheimlicht hatte. Jan druckste herum und wich meinem Blick aus. Ich spürte, dass er mir bestenfalls die halbe Wahrheit sagte. Was wirklich dahintersteckte, konnte ich zu diesem Zeitpunkt noch nicht einmal erahnen.

Ich spürte deutlich, dass in Jan etwas passiert war; als wäre ein Schalter umgelegt worden und er nun bereit, tatkräftig nach vorne zu schauen. Er ließ sich nicht mehr treiben, sondern handelte. Das war ein wichtiger Schritt. Die Sache mit der Sucht beschäftigte mich sehr und ich zog mich eine Weile zurück, um den

Schock zu verarbeiten. Diese Distanz tat uns beiden gut. Jan fiel es so leichter, sich von seinem alten Leben, zu dem ich ja auch irgendwie gehörte, zu lösen.

Hoffnungsschimmer

Jan

So sehr ich auch entschlossen war, an meinem Leben etwas zu ändern, so war es oftmals auch eine Herausforderung, den Alltag im Haus am Birkenhain zu überstehen. Das lag weniger an mir als an den anderen Bewohnern. Da war zum Beispiel Roland, der sich selbst nicht vertraute und deshalb immer wieder nachzählte, wie viele Zigaretten sich noch in seinem Päckchen befanden, oder Michael, der Besucher grundsätzlich in Boxershorts begrüßte und behauptete, er sei angezogen. Wenn man ihn darauf aufmerksam machte, wurde er aggressiv. Dafür freute er sich jedes Mal, wenn er einen im Laufe des Tages sah und vergaß, dass man sich bereits gesehen und auch begrüßt hatte. Sie gehörten zu der harmlosen Sorte, mit denen man auch lachen oder herumalbern konnte.

Dann gab es noch Kevin, der auf einem LSD-Trip »hängengeblieben« war, wie man so sagte. Er glaubte, dass sich Allah ihm offenbart hatte. Also trug er lange Gewänder und einen Bart, las den Koran auf Arabisch und betete fünfmal am Tag. Er litt besonders unter seinen starken emotionalen Schwankungen und war unberechenbar. Er rastete immer wieder aus, zerstörte die Einrichtung, verletzte sich selbst oder ging auf uns andere los. Während der Weihnachtsfeier stand er in einem schwarzen Gewand mit dem Gesicht zur Wand und war nicht ansprechbar. Für ihn war das der Protest gegen die Ungläubigen, unter denen er leben musste. Obwohl Kevin später ein recht guter Freund wurde, ging ich ihm zu diesem Zeitpunkt lieber aus dem Weg.

Es gab häufig Konflikte und sogar Schlägereien. Viele der anderen hatten Psychosen durch Drogenkonsum bekommen. Sie sprachen mit Gegenständen, weinten verzweifelt und waren oft nicht ansprechbar. Sie lebten in ihrer eigenen Welt.

Bei den Mädchen gab es einige, die unter der Borderline-Persönlichkeitsstörung litten. Sie verletzten sich selbst, hungerten, waren mal fröhlich, mal wütend. Viele von ihnen hatten Missbrauchserfahrungen und schon einige

Psychiatrie- und Therapieaufenthalte hinter sich.

Ein paar der Bewohner zogen den Aufenthalt im Birkenhain einer Gefängnisstrafe vor. »Therapie statt Strafe« hieß das dann. All das zusammen machte das gemeinsame Alltagsleben nicht besonders leicht. Mich quälte weder eine Psychose noch war ich straffällig geworden. Auch hier, im Haus am Birkenhain, empfand ich mich als Außenseiter. Wir lachten immer herzlich, wenn ich meiner Mutter von den Eigenheiten der Heimbewohner erzählte und ich brachte mit meiner Gabe, die humorvolle Seite der Situationen zu sehen, viel Leichtigkeit in mein und ihr Verstehen.

Pro Gruppe lebten acht Jugendliche mit zwei Betreuern zusammen. Anfangs waren sie gemischt. Als es dann aber zu ungewollten Schwangerschaften und Geschlechtskrankheiten kam sowie zu zahlreichen Dramen wegen verletzter Gefühle und Eifersucht, ging die Einrichtung dazu über, die Gruppen nach Geschlechtern zu trennen.

Die Regeln waren streng. Unsere Betreuer mussten wir siezen, es gab zahlreiche Dienste, die erfüllt werden mussten, und wer ein Schimpfwort benutzte, erhielt eine Geldstrafe. Es war genau festgelegt, wann wir aufstanden, aßen, zur Schule gingen, unsere Hausaufgaben machten, Dienste erfüllten, Zimmer aufräumten und Schlafen gingen. Alles durchorganisiert und vorgegeben. Raum für Individualität oder Ausbrechen gab es wenig. Anfangs empfand ich diese Regeln als ein viel zu starres Korsett, erkannte aber dann, wie gut es mir tat, in diesen engen Rahmen eingebunden zu sein, keine Entscheidungen für mich selbst treffen zu müssen und damit auch keine Fehler zu begehen. Es war für alles gesorgt. Selbstverantwortung sollten wir erst nach und nach wieder lernen.

Das Haus am Birkenhain war ein eigener Mikrokosmos und die Verbindungen nach außen wurden nach und nach immer wichtiger. Mit meiner Mutter hielt ich selbstverständlich Kontakt und sah sie regelmäßig, doch trotz ihrer Besuche wusste sie nur wenig über mein neues Leben und verstand vieles von dem nicht, was mich bewegte. Alle anderen Freunde und Kontakte verschwanden nach und nach aus meinem Leben.

Dafür tauchte plötzlich jemand Neues auf. Ihr Name war Melanie. Sie lebte in einer der benachbarten Gruppen im Innenwohnbereich. Wir verliebten uns ineinander. Liebe auf den ersten Blick nannte man das wohl, sogar an einem Ort wie dem Haus am Birkenhain.

Klein war sie, sehr schüchtern, aber mit so tiefgründigen, mitfühlenden Augen, dass ich nicht genug davon bekommen konnte, dort hineinzuschauen. Ich fand sie wunderschön. Melanie hingegen hasste sich, ihren Körper, ihre Persönlichkeit und litt unter schweren Bindungsstörungen. Ihre Kindheit war sehr traurig und voller Missbrauch und Gewalt gewesen. Sie verletzte sich selbst und litt unter heftigen Gefühlsschwankungen. Mal war sie aufgedreht, lustig und hoffnungsvoll, dann wieder total in sich gekehrt, unerreichbar, misstrauisch, wurde wegen Nichtigkeiten wütend und fiel ohne Grund in tiefe Depressionen. Ich wusste nie, woran ich bei ihr war. Selten hatten ihre Ausbrüche etwas mit den aktuellen Ereignissen zu tun, sondern sie lagen an Erinnerungen oder an Dingen, die sie triggerten und die alten Traumata wieder heraufbeschworen.

Es gab Tage, an denen sie es zulassen konnte, dass ich sie in den Arm nahm oder ihre Hand hielt, an anderen sprach sie noch nicht einmal mit mir. Für mich war das schwer auszuhalten, obwohl ich sie so gern hatte. Hinter all der Traurigkeit und den Narben sah ich einen wunderschönen, klugen, kreativen und mitfühlenden Menschen, der so viel zu geben hatte. Doch manchmal kam es mir so vor, als wollte Melanie mich dafür bestrafen, dass ich sie liebte.

Melanie hungerte und verletzte sich selbst. Man nahm ihr alle Rasierer weg und sperrte die Messer ein, doch sie fand immer neue Wege, um sich Schmerzen zuzufügen. Schlimm war es, wenn sie davon sprach, dass sie sich am liebsten umbringen würde. Davon sprach sie oft. Wie sie es tun wollte und wie sie es bereits versucht hatte. Ich musste ständig fürchten, dass sie erneut einen Weg finden würde, mit Tabletten, Klingen oder was auch immer ihr gerade in die Finger kam.

Trotzdem verstanden wir uns gut und genossen die gemeinsame Zeit. Mit Geschichtenerzählen, Musikhören, Spaziergängen zu zweit oder Kuscheln, verbrachten wir unsere Nachmittage. Durch Melanies Missbrauchserfahrung war Sexualität kein Thema und mich störte das nicht. Weshalb ich kein weiteres Verlangen danach hatte, darüber machte ich mir keine Gedanken, es war gut so, wie es war.

Wir taten einander gut, zwei Außenseiter, zwei Misfits, die in der Liebe zueinander Halt fanden. Das war schön.

Die Betreuer sahen das mit mir und Melanie nicht gern. Sie fürchteten, dass wir uns gegenseitig runterziehen würden. Trotz all dem Traurigen, das sie erlebt hatte, war Melanie ein guter Mensch, der nur mein Bestes wollte, mich tröstete, stärkte und für mich da war, so, wie ich für sie. Unsere Beziehung hielt drei Jahre, eine lange Zeit für unser Alter. Noch heute erinnere ich mich gerne an sie.

Was den Rest der Bewohner betraf, nahm ich eher eine Beobachterperspektive ein. Ich empfand keine wirkliche Zughörigkeit. Aus meiner

Sicht waren meine Probleme anders gelagert als ihre; trotzdem war mir klar, dass hier der Ort war, an dem ich meine Ziele verwirklichen konnte. Genau das sagte ich auch meiner Mutter jedes Mal, wenn sie mich fragte, ob ich wirklich sicher sei, am richtigen Ort zu sein.

Anfangs bestand zum Beispiel ein Ziel darin, einen weiteren Tag trocken zu bleiben. Den allgegenwärtigen Suchtdruck zu ignorieren kostete mich viel Kraft, es war eine große Belastung, die immer gegenwärtig war. Das Verlangen nach Alkohol war ständig präsent, schon morgens, wenn ich aufstand. Manchmal konnte ich an nichts anderes denken. Wenn dann noch schlechte Erinnerungen aufkamen oder ich mit Problemen umgehen musste, wurde es unerträglich. Dann kostete es mich große Disziplin, nicht loszugehen und mir etwas zu trinken zu holen. Nur ein Bier, damit es sich nicht mehr so schrecklich anfühlte. Doch ich blieb standhaft, Tag für Tag, auch wenn es übermenschliche Kraft kostete.

Das Kiffen verhalf mir, mich über Wasser zu halten, zumindest übergangsweise. Gott sei Dank war ich nicht süchtig danach. Was mir half, war das Reden mit den anderen und den Betreuern. Sie verurteilten mich nicht, sondern hörten mir zu, etwa, wenn ich das Gefühl hatte, meine Emotionen nicht kontrollieren zu können, oder wenn ich das, was ich empfand, falsch einordnete. Zum Beispiel den Frust und das Gefühl der Isolation und Einsamkeit, eben all das, was ein Leben wie meines mit sich brachte. Hier verstand man mich. Auch wenn die Problemlagen meiner Leidensgenossen ganz anders waren als meine, so teilten wir doch die Erfahrung, abgelehnt zu sein, in der Schule »versagt« zu haben, als nicht normal zu gelten, eben Problemkinder zu sein. Besonders mein Bezugsbetreuer wurde zu einer wichtigen Person, mit der ich mich über alles austauschen konnte.

»Weißt du, Jan, dafür, dass du Probleme hast, kannst du nichts. Aber du kannst etwas dafür, wie du mit ihnen umgehst, dich entscheiden, ob du sie lösen möchtest. Nur darauf kommt es an.«

Es waren Sätze und Unterhaltungen wie diese, die mich darin bestärkten, durchzuhalten, standhaft zu bleiben, nicht aufzugeben und an meinem Traum von einem normalen Leben festzuhalten.

Nach und nach kehrten Dinge zurück, für die ich mich früher interessiert hatte. Skateboard fahren, Musik hören, aber auch das Lesen und Lernen. Zum ersten Mal kam ich in der Schule mit und hatte Erfolgserlebnisse. Mein Hauptschulabschluss rückte in immer greifbarere Nähe und mein Selbstwertgefühl begann, Stück für Stück zu wachsen. Was zu Hause geschah, wurde unwichtiger, je näher ich meinen Zielen kam.

Wenn ich Jan zuhörte, wenn er von den Ereignissen im Haus am Birkenhain erzählte, brachte er mich oft zum Lachen, doch insgeheim fand ich es grotesk, dass er in so einem Umfeld lebte. Trotzdem versicherte er mir immer wieder, dass es für ihn der richtige Ort sei und er nirgendwo anders sein wolle; also behielt ich meine Meinung für mich und bemühte mich, ihn zu ermutigen es durchzuhalten.

Für uns Eltern gab es eigene Gesprächstage, an denen man uns über die Fortschritte unserer

Kinder informierte. Für mich waren diese Besuche sehr befremdlich. Ich konnte mich nicht damit abfinden, dass Jan nun zu diesen Jugendlichen gehören sollte, die schwere psychische Störungen hatten oder straffällig geworden waren. Kinder, die niemals funktionierende Teile der Gesellschaft werden würden und deren Eltern oft aus sozial schwierigen Verhältnissen kamen.

Ich bewunderte meinen Sohn dafür, dass er es an diesem Ort aushielt und mit den anderen Bewohnern zurechtkam. Ich sah, dass er einigermaßen glücklich war. Nach und nach lernte ich, zu akzeptieren, dass Jan einen Weg gefunden hatte, mit diesem Leben zurechtzukommen, auch wenn ich mir für ihn etwas anderes gewünscht hatte. Ich begann, loszulassen und Jan weniger zu bemuttern, ihm den Freiraum zu geben, den er für seine Entwicklung brauchte. Über das Erreichen des Hauptschulabschlusses hinaus, hatte er keine konkreten Ziele, keine Perspektive für die Zukunft. Es schien für Jan nur wichtig zu sein, aktuell irgendwie »klarzukommen«, alles Weitere war ohne Bedeutung und ich konnte ihm das nicht verübeln.

Mein Blick in Jans Zukunft schien von einer dichten Nebelwand verdeckt zu sein, irgendetwas Konkretes zu erfassen war für mich unmöglich. Ich hatte akzeptiert, dass er niemals ein Teil der Gesellschaft werden würde, seine Orientierung in der Gesellschaft war so ganz anders. Was für andere wichtig und von Bedeutung war, spielte für ihn keine Rolle. Viele, für andere selbstverständliche, Verhaltensweisen blieben ihm verschlossen. Er verstand nicht, weshalb man Regeln befolgen oder höflich sein sollte. Ich war mir damals sicher, dass mein Sohn immer Hilfe brauchen und niemals allein zurechtkommen würde. Es gab für ihn keine Zukunft, in die ich ihn entlassen konnte, sondern für mich war nur noch von Bedeutung, dass er eine Lebensweise finden würde, in der er glücklich wurde – ein wenig zumindest.

Jan
Nach einem Jahr durfte ich den Innenwohnbereich verlassen und in den weniger streng kontrollierten Außenwohnbereich

wechseln. Meine Mutter begann, mich immer häufiger zu fragen, wie ich mir mein Leben nach dem Haus am Birkenhain vorstellte, doch ich wusste darauf keine Antwort. Ich konnte nicht weiter denken als bis zu meinem Hauptschulabschluss. Was sie als »Platz in der Gesellschaft« beschrieb, hatte für mich keine Bedeutung. Ich sah mich nicht als Teil der Gesellschaft, was mich inzwischen auch nicht mehr traurig machte. Es war an der Zeit, dass auch sie das akzeptierte.

Einmal fuhr ich zu jener Zeit mit dem Zug nach Berlin, um meinen Vater zu besuchen. Im Zugabteil bildete ich mir ein, dass alle Mitreisenden mich anstarrten, sahen, dass ich anders war. Allein die Vorstellung verunsicherte mich dermaßen, dass ich total wütend wurde. Welches Recht hatten sie, mich anzusehen, über mich zu urteilen? Ich wurde immer nervöser und aufgebrachter und schließlich sprang ich auf und schrie die anderen Fahrgäste an: »Was guckt ihr so? Was ist?« Sie sahen mich alle völlig erschrocken an. Heute weiß ich, dass ihr Starren nur in meinem Kopf stattgefunden hat. Ich erlebte meine Unsicherheit in Gegenwart anderer Menschen dermaßen intensiv, dass ich sie sogar auf andere übertrug und gegen mich richtete. Mein gefühltes Anderssein verwandelte ich in eine Wahrnehmung der beständigen Ablehnung. Alles, was anders war wurde angestarrt, wurde bewertet, so war meine Realität. Ganz schön schräg. Diese Wut, die ich in solchen Augenblicken empfand, lebt heute noch in mir, auch wenn ich gelernt habe, mich zurückzunehmen. Mein mangelndes Selbstwertgefühl sorgte dafür, dass ich mich in Gegenwart anderer häufig überfordert sah.

Gerade zu Hause, in der kleinen Gemeinde, redete ich mir ein, dass jeder alles über mich wusste und mich bereits in eine bestimmte Schublade gesteckt hatte – natürlich keine mit einem guten Inhalt. Immerhin gab es eine Menge Geschichten über mich und darüber, wie sonderbar ich war, ein Problemkind, obwohl ich doch aus einer »guten« Familie kam. Die ganze spießige Normalität empfand ich als Heuchelei und ich wollte auf keinen Fall ein Teil von ihr sein.

Das Leben im Außenwohnbereich lief gut. Wir kamen super zurecht; immerhin hatten wir ja lange genug geübt und es war eine Wohltat, wieder Zeit für mich und Rückzugsmöglichkeiten zu haben.

Melanie durfte mich ab und zu am Wochenende besuchen. Noch immer standen wir uns sehr nahe, auch wenn ich mich verändert, weiterentwickelt hatte. Ich war ruhiger geworden, gelassener. Ich hatte gelernt, mich selbst mehr zu akzeptieren. Die klaren Grenzen verschafften mir Zuversicht und Kontinuität. Ganz allmählich fühlte es sich so an, als könnte es doch möglich sein, ein einigermaßen normales Leben zu führen, mit einer sauberen Wohnung, einem geregelten Einkommen und bezahlten Rechnungen. Irgendwie war mein Leben nicht mehr ganz so aussichtslos, wie es sich noch vor meiner Ankunft im Birkenhain angefühlt hatte. Immerhin konnte ich auf meine Fahne schreiben, den Dämon Alkohol besiegt zu haben. Sogar der tägliche Kampf gab mir Kraft und Optimismus. Ich konnte Vieles erreichen, wenn ich mich nur genug anstrengte. Ich war kein Versager durch und durch, so wie es sich bislang für mich dargestellt hatte.

Trotzdem gab es Dinge, die mir verschlossen blieben. Etwa, wenn die anderen Jungen über Sex redeten, darüber, was sie mit Mädchen machten oder mit ihnen gerne machen würden. Ich verstand einfach nicht, über was sie da redeten. Natürlich wusste ich, was Sex ist und warum Menschen ihn hatten. Ich selbst hatte allerdings kaum Interesse daran. Er spielte für mich einfach keine so große Rolle. Ich war gerne mit Melanie zusammen, kuschelte mit ihr, genoss ihre Nähe, aber so etwas wie Erregung oder Lust fühlte ich nur selten und wenn, dann nie so stark, wie die anderen sie beschrieben.

Ich machte mir darüber keine Gedanken. Vielleicht war ich einfach ein Spätzünder, wie man so sagte, und das würde noch kommen, doch ich vermisste auch nichts. Für Melanie war Sex nicht wichtig, im Gegenteil, ich hatte das Gefühl, dass sie sehr froh darüber war, dass ich sie nie bedrängte oder Sex von ihr einforderte. Sie konnte mir vertrauen, sich fallenlassen und machte mir nie zum Vorwurf, sie nicht zu begehren.

In der Schule lief es zu dieser Zeit richtig gut. Ohne den übermäßigen Druck fiel mir das Lernen leichter. Im Haus am Birkenhain gab es nur eine Klasse, in der wir alle zusammen lernten und die Lehrer gaben sich große Mühe, auf jeden von uns einzugehen. Hier konnte es jeder schaffen, wenn er es nur wollte. Ich war nicht der einzige Schulversager, viele konnten weder richtig lesen noch schreiben und hatten seit Jahren keinen Unterricht mehr regelmäßig besucht. Obwohl es sicher nicht einfach war, eine solche Klasse zu unterrichten, gelang es den Lehrern, uns zu motivieren und uns Erfolgserlebnisse zu verschaffen, die uns bei der Stange hielten. Das Wichtigste aber war wohl, dass wir hier alle gleich waren, ein Außenseiter unter Außenseitern. Wir urteilten nicht übereinander, sondern stützten und halfen uns.

Ich machte die bemerkenswerte Erfahrung, dass ich weder dumm noch lernbehindert war, sondern einfach das richtige Umfeld gebraucht hatte. Das gab mir neuen Mut.

Trotzdem schaffte ich den Hauptschulabschluss nicht im ersten Anlauf, sondern erst im zweiten Jahr, als ich bereits im Außenwohnbereich lebte. Manche Dinge brauchten eben ihre Zeit. Als ich den Abschluss endlich in der Tasche hatte, war das ein echt krasses Gefühl. Zum ersten Mal hatte ich ein mir gesetztes Ziel auch tatsächlich erreicht. Es fühlte sich großartig an.

»Was möchtest du jetzt damit machen?«, fragte mich meine Mutter erwartungsvoll. »Keine Ahnung!«, antwortete ich. Mein Denken war nie weiter als bis zu meinem Abschluss gegangen. Was jetzt kam war offen.

Nach einem Jahr im Haus am Birkenhain gab es ein erneutes Hilfeplangespräch mit dem Jugendamt und den Betreuern. Man sagte mir, dass Jan sich großartig entwickelt habe und er von jetzt an in den Außenwohnbereich ziehen könne. Es würde nur noch eine Betreuung von sieben bis achtzehn Uhr geben. Jan bekam ein eigenes Zimmer und durfte vieles wieder selbst entscheiden. Den Haushalt organisierten die Bewohner eigenständig.

Als Jan dort einzog und kurz darauf den

Hauptschulabschluss machte, keimte in mir Hoffnung auf. Würde mein Traum doch noch wahr werden und Jan ein ganz normales Leben führen können, ja, vielleicht sogar glücklich werden? Ich ermunterte ihn, sich für eine Ausbildung zu bewerben, damit er bald auf eigenen Füßen stehen konnte. Ich war so begeistert von seinen Fortschritten, dass ich ihm kaum Gelegenheit ließ, gründlich darüber nachzudenken, was er wollte und ob er überhaupt schon bereit für eine neue Herausforderung war.

Jan bewarb sich an einer Schule zur Ausbildung zu einem Kinderpfleger und wurde angenommen. Ich platzte vor Stolz. Endlich, endlich würde alles gut werden, nach so vielen Rückschlägen.

Doch ich täuschte mich. Jan hatte zwar viel erreicht, doch er war noch immer Jan und hatte mit seinen Problemen und Einschränkungen zu kämpfen. Der Druck in der Ausbildung, das frühe Aufstehen, das Interagieren mit Menschen, die nicht mit seinen Problemen vertraut waren, der für ihn völlig überdimensionierte Lernstoff, all das bedeutete so viel Stress, dass er die Ausbildung nach wenigen Wochen wieder abbrach.

»Ich bin einfach noch nicht so weit, Mama«, sagte er zu mir und es klang trotzig.

Ich schluckte meine Vorwürfe und Forderungen herunter und sagte ihm, dass es in Ordnung sei, während ich innerlich schrie. Inzwischen war Jan zwanzig, kein Jugendlicher mehr, sondern ein junger Erwachsener. Was sollte er mit seinem Hauptschulabschluss anfangen? Ohne Ausbildung würde er nie auf eigenen Füßen stehen, das wusste ich. Er konnte nicht ewig im Programm des Hauses am Birkenhain bleiben. Irgendwann musste er einfach auf eigenen Füßen stehen, so sagte es mir meine eigene Erziehung und das, von dem ich dachte, es sei der normale Werdegang.

Ich erstickte meine erneut aufkommende Verzweiflung in Tränen, schluckte meine Enttäuschung hinunter und beschloss, Jan zu vertrauen. Er hatte eben sein eigenes Tempo und ich durfte über die Rückschläge nicht die Erfolge vergessen, die er erreicht hatte. Das war mein neues Mantra.

Jan

Die Ausbildung abzubrechen war keine leichte Entscheidung. Durch die gestiegenen Erwartungen erhöhte sich auch mein Suchtdruck wieder. Manchmal, wenn es allzu schlimm wurde, konnte ich durch ein Telefonat mit meiner Mutter, den problematischen Augenblick überbrücken. Sie hat sich sehr bemüht, mir über die schlimmen Phasen hinwegzuhelfen. Trotzdem fiel es ihr eher schwer, es zu verstehen.

»Aber du bist doch jetzt so lange trocken«, sagte sie dann und ich seufzte. Sie konnte nur erahnen, dass trocken zu bleiben ein täglicher Kampf war, der viel zu oft alle meine Energiereserven verschlang. Da blieb nichts mehr übrig, um einer Ausbildung nachzugehen.

Die sogenannte »Verselbstständigungswohnung«, die sich im Dachgeschoss der Außenwohngruppe befand, war meine erste eigene Wohnung, für die ich ganz allein verantwortlich war. Da ich zu dem Zeitpunkt nicht in der Lage war, eine Ausbildung zu machen, trotzdem aber einen geregelten Tagesablauf und Struktur brauchte, ging ich einfach weiter zur

Schule am Birkenhain. Obwohl ich meinen Abschluss bereits hatte.

Ich baute mir nach und nach einen eigenen Computer zusammen, malte viel, kiffte nur hin und wieder und fühlte mich gut. Meine Freunde kamen zwar alle vom Birkenhain, doch das störte mich nicht. Hier fühlte ich mich aufgehoben, angenommen, sicher. Niemand lachte mich aus, stellte mir dumme Fragen, beurteilte mich und gab mir das Gefühl, nicht genügend zu sein. Mein Selbstwertgefühl war trotzdem noch immer unterirdisch.

Zugang zu meinen Gefühlen bekam ich nicht wirklich, spürte nur die Spitzen, die Extreme, meistens Wut und Aggression. Manchmal auch Liebe. In meiner Wahrnehmung fehlte die Vielfalt, fehlten die Zwischenwelten. Ich lebte in einer völlig monotonen Emotionswelt, aus der mich nur meine Wutausbrüche holten.

Obwohl meine Betreuer wenig von mir verlangten, ging es manchmal noch zu schnell. Das Jahr in der Übergangswohnung verging wie im Flug. Danach sah der Ausgliederungsplan eine eigene Wohnung vor, die ich mit Hilfe meines

Bezugsbetreuers recht schnell gefunden hatte. Am Anfang kam nur zwei Mal in der Woche ein Betreuer vorbei. Plötzlich alleine zu sein, war nicht einfach. Solange ich noch im Birkenhain gelebt hatte, konnte ich jederzeit in eine der anderen Gruppen gehen, fand Gesellschaft, jemanden zum Reden, doch jetzt war ich alleine, auf mich gestellt und die Einsamkeit nur schwer zu ertragen.

Also verbrachte ich meine Zeit so gut wie nie zu Hause. Monatelang schlief ich bei Freunden auf dem Sofa. Zur Schule ging ich ja nicht mehr, doch meine Mutter drängte mich, den Realschulabschluss noch einmal zu versuchen. Ich nahm es auf dem zweiten Bildungsweg in Angriff, doch wieder war ich den Anforderungen nicht gewachsen. Immer noch holten mich die Lücken aus meiner Sonderschulzeit ein, obwohl man mir auf der Schule mit viel gutem Willen entgegenkam. Ich brachte einfach nicht genug Wissen mit. Sie verlangten zum Beispiel Englischkenntnisse, die ich nicht hatte, so dass das Ganze eine frustrierende Erfahrung für mich war. Nach wenigen Wochen intensiver Bemühungen gab ich wieder auf, sehr zur

Enttäuschung meiner Mutter, die einmal mehr gehofft hatte, dass ich doch noch den Absprung in ein geregeltes Erwerbsleben schaffen würde.

Immer wieder enttäuscht zu werden, festzustellen, dass ich Dinge, die anderen leicht fielen, nicht konnte, obwohl ich doch schon so hart an mir arbeitete, war unglaublich frustrierend und machte mich wütend.

»Warum kann ich das nicht?«, schrie ich dann und dieses Gefühl begleitet mich bis heute. Ich fühle mich in solchen Momenten winzig klein und wie der absolute Versager, auch wenn das, objektiv betrachtet, nicht stimmt. Die Selbstzweifel sind tief in meine Persönlichkeit eingeschrieben, wie ein Muster. Es kostet viel Lebenswillen, immer wieder Hoffnung zu schöpfen und dann doch zu scheitern. Leichter war es, nicht so viel zu erhoffen und weniger tief zu fallen. Ich kämpfte an zwei Fronten, meiner eigenen und der meiner Mutter.

»Ich verlange doch nicht mehr von dir, als jeder normale Mensch leistet«, sagte sie. Wie sollte ich ihr nur begreiflich machen, dass für mich eben keine normalen Maßstäbe galten.

»Dein Sohn ist aber nicht normal«, antwortete ich dann und konnte in ihren Augen sehen, dass sie noch immer nicht bereit war, dies zu akzeptieren. Also versteckte ich mein Leben, wie es wirklich war, vor ihr. Die Distanz, die zwischen ihr und Osnabrück lag, war sehr hilfreich. So bekam sie, auch aufgrund ihrer Berufstätigkeit, nicht allzu viel mit.

Ich war es zwar gewohnt, sie zu enttäuschen, doch konnte ich ihre Traurigkeit kaum ertragen. Deshalb hielt ich vor ihr verborgen, wie schlecht es mir zwischenzeitlich ging. Oft hatte ich kein Geld und einen leeren Kühlschrank, doch ich hungerte lieber, als um Hilfe zu bitten.

Nach mehreren Monaten in diesem Nomadenleben, in denen ich wieder begann, mich verloren und hoffnungslos zu fühlen, kamen ich und vier meiner Freunde, allesamt ehemalige Bewohner vom Haus am Birkenhain, auf die Idee, eine WG zu gründen. Seltsamerweise nur hundert Meter vom Birkenhain entfernt, fanden wir eine große Wohnung und richteten sie ein, eher spartanisch, doch uns gefiel es. Damit das Chaos beherrschbar blieb, organisierten wir uns in

Diensten. Jeder von uns hatte seine speziellen Aufgaben zu leisten.

Nicht mehr länger alleine zu sein, Gesellschaft zu haben, Teil einer Gruppe zu sein, versetzte mich in ein Hochgefühl. Doch wir mussten feststellen, dass wir alle nach wie vor unser Päckchen zu tragen hatten. In der Wohnung herrschten bald chaotische Zustände. Es war unaufgeräumt, dreckig und nicht sehr wohnlich. Meine Mutter fand es gut, dass ich aus meiner Einsamkeit raus war, konnte aber die Unordnung nicht ertragen.

Bald waren die Probleme nicht mehr zu übersehen. Die Wohnung war total zugemüllt, es kam zu Konflikten und einige von uns nahmen wieder Drogen, wodurch es zu psychotischen Schüben kam. Wir waren zu viert. Bastian, der Koch, Knut, der Maler, Nils, der Zimmermann und ich. Bastian, der Vernünftigste von allen, befand sich in seiner Ausbildung. Mit Drogen hatte er nie etwas zu tun gehabt, doch eine schlimme Kindheit aus Gewalt und Verwahrlosung durchlitten. Er war oft traurig, manchmal antriebslos und litt unter Ängsten und Selbsthass. Mit ihm verstand ich mich am besten.

Dann gab es Knut, der gerade eine Ausbildung als Maler machte und sehr zurückgezogen lebte. Was genau mit ihm los war, erfuhr ich nie, doch er war unglücklich. Häufig nahm er Mädchen mit zu uns in die WG, die nur eine Nacht bei ihm verbrachten. Zu tieferen Beziehungen oder innigen Freundschaften war er nicht imstande.

Außerdem lebte noch Nils bei uns, der unter einer Psychose litt. Er ging keiner Ausbildung nach und hing den ganzen Tag herum. Als er wieder mit dem Kiffen anfing, kehrte seine Psychose zurück. Einmal traf ich ihn nachts in der Küche, wo er gerade mit irrem Blick sein Messer schärfte. Er hatte aufgehört, seine Medikamente zu nehmen, und eines Tages weckte er mich mit einem Blatt voll wirrer Linien, die seine Gefühle deutlich machen sollten. Durch seine Psychose nahm er überhaupt keine Rücksicht auf uns andere, hörte mitten in der Nacht laut Musik, wurde aggressiv, zerstörte Dinge, auch solche, die gar nicht ihm gehörten, und war für uns immer schlechter zu erreichen. Nach anderthalb Jahren musste er ausziehen und zurück in eine betreute Einrichtung. Für uns eine riesige Erleichterung. Es überstieg unsere Fähigkeiten, mit einem so kranken Menschen zusammenzuleben, während wir selbst Schwierigkeiten hatten, stabil zu bleiben.

Für Nils zog Patrick ein. Er war locker und wir beide lagen auf einer Wellenlänge. Er stammte, wie Bastian, aus einem katastrophalen Elternhaus, war aber sonst schwer in Ordnung. Patrick ging zur Schule des Hauses am Birkenhain. Wir haben heute noch Kontakt.

Mit Melanie lief es ganz anders. Nach ihrer Zeit am Birkenhain zog sie zurück zu ihren Eltern, was aufgrund ihrer Geschichte nicht besonders gut für sie war. Ihre Probleme verschlimmerten sich, sie verletzte sich wieder häufiger, litt unter Depressionen und Suizidgedanken. Leider rutschte sie immer tiefer in ihre Krankheit ab. Für mich war das schwer auszuhalten. Ich hatte mich verändert, weiterentwickelt, hatte so etwas wie Stabilität erreicht, doch sie schien sich immer nur im Kreis zu drehen, ohne positive Veränderung. Wir konnten nie das tun, was andere Paare taten, rausgehen, Pläne schmieden, etwas Neues ausprobieren. Nach drei Jahren Beziehung konnte ich das nicht mehr länger ertragen.

Wir führten ohnehin nur noch eine Fernbeziehung, in der wir uns lediglich alle drei bis vier Wochen sahen. Unsere Liebe war verschwunden. Ihre Stimmungsschwankungen, die Selbstverletzungen, all das wurde für mich immer unerträglicher.

Um meine Nähe nicht ganz zu verlieren, begann Melanie ein Verhältnis mit Patrick. Ich störte mich nicht daran. Unsere Zeit war vorbei, ich hatte zu viel mit mir selbst zu tun.

Während jener Zeit in Osnabrück hatten Jan und ich nur wenig Kontakt. Demzufolge bekam ich von seinem Leben kaum etwas mit. Sorgen machte ich mir natürlich trotzdem.

Als ich später erfuhr, dass er in jenen ersten Monaten sogar lieber hungerte, als mich um Hilfe zu bitten, verstand ich die Welt nicht mehr. Ich kochte vor Wut und Unverständnis darüber, dass Jan so wenig Vertrauen zu mir hatte. Doch ich musste akzeptieren, dass Jan nun erwachsen war und eigene Entscheidungen traf. Ob mir das gefiel oder nicht.

Zwar nahm ich schon wahr, dass ihm das Zusammenleben in der WG guttat, doch die Zustände dort fand ich untragbar. Mein Jan mit lauter Psychos unter einem Dach, dazu der Müll, das Chaos und die viele Unruhe, das konnte doch nicht gut für ihn sein. Wieder befielen mich Ängste, dass er sich in dieser Art Leben einrichtete, sich treiben ließ und nicht mehr versuchen würde, seinem Leben eine Richtung zu geben.

Also versuchte ich, ihn dazu zu bringen, die Sache mit dem Realschulabschluss noch einmal in Betracht zu ziehen. Eine Möglichkeit bestand in der schulischen Ausbildung zum Pflegeassistenten. Bei erfolgreichem Abschluss bekam man automatisch auch einen Realschulabschluss. Jans Interesse an sozialen Berufen war unverkennbar, deshalb überredete ich ihn dazu, sich für eine solche Ausbildung zu bewerben.

Jan war jetzt ein Jahr lang arbeitssuchend

gewesen, und mit jedem Jahr, das verstrich, sanken die Chancen, überhaupt noch in den Arbeitsmarkt zu gelangen. Gemeinsam schrieben wir einige Bewerbungen, doch Jan bekam nur Absagen, was ihn sehr frustrierte. Ich befürchtete schon, dass er alles hinwerfen würde, wenn sich nicht bald ein Erfolg einstellte.

Dann bekamen wir über Umwege die Adresse von einer neuen Schule, die in diesem Jahr noch mit einem Ausbildungslehrgang beginnen würde.

»Diesmal gehen wir kein Risiko ein«, sagte ich zu Jan, denn sein Zeugnis war wirklich mehr als bescheiden.

»Wir fahren da direkt hin.«

Jan war einverstanden und kurz darauf saßen wir der Schulleitung gegenüber, die uns nach wenigen Minuten Gespräch den Ausbildungsplatz für Jan zusicherte. Die Erleichterung, die ich in jenem Moment fühlte, war so groß, dass sie noch heute ein Lächeln in mein Gesicht zaubert, wenn ich daran denke. Wieder einmal tat sich für Jan eine neue Tür auf, fiel das Licht der Hoffnung in sein Leben, und ich war felsenfest davon überzeugt, dass er es diesmal schaffen würde. Jan schien weniger begeistert. Seine Selbstzweifel und die vorangegangenen Erfahrungen des Scheiterns im Zusammenhang mit Schule und Ausbildung verhinderten, dass er sich auf diesen neuen Lebensabschnitt freute. Ich konnte ihn jedoch überzeugen, ihn als etwas Gutes anzunehmen.

Die Ausbildung verlangte ihm in der Tat alles ab. Er musste früh aufstehen, viel lernen und jede Menge eigenständig beisteuern. Ich unterstützte ihn, so sehr ich nur konnte. Sicher ging es ihm zwischenzeitlich sogar auf die Nerven, dass ich mich so viel in seine Ausbildung einmischte, aber ich wollte eben unbedingt, dass er es schaffte.

Die Klasse war mit 36 Schülern voll besetzt. Allerdings brach innerhalb des ersten Jahres die Hälfte die Ausbildung ab. Jan blieb. Er biss die Zähne zusammen und hielt durch. Wie oft in solchen Berufszweigen bestand die Klasse vorrangig aus Mädchen. Trotzdem kam Jan einigermaßen klar, fühlte sich wohl, auch wenn er ein Außenseiter blieb. Das lag vor allem an Rosa, einer Klassenkameradin.

Drei Schritte vor, einer zurück

Jan

Als ich die Ausbildung zum Pflegeassistenten begann, war ich sehr unsicher, ob ich durchhalten würde. Meine schulische Abbruchquote betrug 99,9 %, bis auf den Hauptschulabschluss am Birkenhain. Warum sollte es jetzt anders laufen? Die Anforderungen waren hoch, vermutlich zu hoch, und ich sah mich nach wie vor als Versager. Vor allem wollte ich eigentlich nicht so viel mit anderen Menschen zu tun haben.

Zu meiner Überraschung war es in meiner Klasse ganz okay. Rosa spielte dabei tatsächlich eine wichtige Rolle. Sie war wie ich, eben anders. Groß und sehr hübsch gab sie keinen Pfifferling darauf, was andere über sie dachten. Sie trug nur Schlabberklamotten, hatte eine spitze Zunge und lachte viel. Beauty-Kram und Dates kamen in ihrem Universum nicht vor. Lieber ging sie mit mir spazieren oder hing rum, und das taten wir ausgiebig. Vom ersten Schultag an wurden wir Freunde. Ich fühlte mich sofort zu ihr hingezogen, angezogen von ihrer Energie und ihrer Stärke. Bis heute verbindet uns eine tiefe Freundschaft, doch auch Rosa hatte so ihre Eigenheiten.

Sie war äußerst unzuverlässig, versetzte mich oft oder beschäftigte sich mit anderen Dingen. Es gab viele Probleme in ihrem Leben, vor denen sie entweder davonlief oder sich auffressen ließ. Wenn ich sie darauf ansprach, dass ich wieder einmal stundenlang an einem vereinbarten Treffpunkt auf sie gewartet hatte, dann verleugnete sie unsere Verabredung einfach. Trotzdem gab ich nie auf, ganz gleich, wie oft sie mich versetzte.

Ich litt unter ihrem Verhalten und unter ihrer Unzuverlässigkeit. Oft holten wir uns allerdings gegenseitig aus Strudeln negativer Gefühle heraus. Sie war einer der wenigen Menschen, zu denen ich eine tiefe und aufrichtige Freundschaft empfand, und dafür war ich bereit, alles zu tun. Sie gab mir das Gefühl, von Bedeutung zu sein, wichtig, lustig, eine gute Gesellschaft, ein guter Zuhörer, ein richtiger Freund, es war ihr wichtig, dass ich morgens zur Schule erschien.

Gemeinsam standen wir die zwei Jahre durch. Mir kam es völlig unwirklich vor, auf einmal eine abgeschlossene Ausbildung in der Tasche zu haben. Und nicht nur das! Auch den heiß ersehnten Realschulabschluss, an den ich selbst schon nicht mehr so recht geglaubt hatte. Zwar erst mit Mitte zwanzig und nach etlichen Anläufen, doch mir war gelungen, was ich selbst zwei Jahre zuvor niemals für möglich gehalten hätte.

Meine Mutter war völlig aus dem Häuschen. Wie viele Opfer mich die Ausbildung zwischenzeitlich gekostet hatte, davon wusste sie nichts. Zahlreiche Konflikte mit den Lehrern, versäumte Prüfungen, schlechte Noten und das ständige Gefühl der Überforderung hatten die Ausbildung begleitet und vergällten mir noch im Nachhinein das Gefühl des Erfolges. Einmal beispielsweise bat mich eine Lehrerin, laut vorzulesen, was ich aufgrund meiner Defizite und vorangegangenen Erfahrungen ohnehin hasste. Also weigerte ich mich, was zu einer lautstarken Auseinandersetzung führte. Wie so oft fühlte ich mich unverstanden. Ohne Rosa, die mir regelmäßig beim Lernen half, hätte ich es wohl nicht geschafft.

Trotz des siegreichen Gefühls, nun eine abgeschlossene Ausbildung zu haben, wusste ich, dass ich niemals in diesem Beruf arbeiten würde.

In zwei Blockpraktika hatte ich tiefe Einblicke in den Alltag des Pflegeassistenten in der Altenpflege gewinnen können. Meine Aufgaben konnte ich mit meinem ethischen Empfinden nicht vereinbaren. In diesem System konnte und wollte ich auf keinen Fall arbeiten.

Unsere WG hatte sich in der Zwischenzeit aufgelöst und ich war in ein Studentenwohnheim gezogen. Es war schon gut, dem Chaos und dem Irrsinn in der WG entkommen zu sein und ich fühlte mich wohl in meinem winzigen Zimmer. Hier war es zwar ziemlich anonym, aber trotzdem war ich nie alleine. Viele kamen aus dem Ausland, es ging offen und tolerant zu. Eigentlich hätte ich glücklich sein müssen, mich freuen sollen auf ein Leben mit vielen neuen Möglichkeiten, die ich mir selbst erkämpft hatte, doch die Freude darüber wollte nicht so recht von mir Besitz ergreifen.

Die Depression kam schleichend. Wie ein Gift sickerte sie in mein Leben und verdarb alles, was mir hätte Spaß und Zuversicht schenken können. Ich hatte immer weniger Energie. Am Morgen aufzustehen, verlangte mir unglaublich viel Kraft ab. Ich konnte mich zu nichts aufraffen und niemandem erklären, was der Grund dafür war. »Du lässt dich hängen«, sagte meine Mutter und ich konnte verstehen, dass es für sie so aussehen musste. Mir fehlte völlig der Antrieb, mir einen Job zu suchen oder über meine Zukunft nachzudenken. Ich hatte keine Ziele mehr, die ich anstreben konnte. Alles erschien mir bleiern und öde. Ständig war ich erschöpft und niedergeschlagen. An fast nichts hatte ich Freude. Dinge, für die ich mich früher begeistern konnte, wie das Malen oder das Skateboarden, kamen mir nicht einmal in den Sinn. Ich wollte nur noch in Ruhe gelassen werden.

Manchmal schnappte ich mir mein Skateboard und fuhr zur Skaterbahn, nur um mich auf andere Gedanken zu bringen. Eine Beziehung zu neuen Leuten aufzubauen, versuchte ich gar nicht erst. Wenn ich die Kraft fand, machte ich sogar noch einige Extra-Runden. Ich bildete mir ein, Muskeln aufbauen zu müssen. Den Kontakt zu meiner Familie und meiner Mutter schränkte ich weitestgehend ein.

»Wie soll es jetzt in deinem Leben weitergehen?«, fragte sie mich immer wieder. Die Antwort blieb ich ihr schuldig. Ich wusste es nicht. Sie ständig weiter zu enttäuschen, nachdem sie gerade erst neue Hoffnung geschöpft hatte, hielt ich nicht aus. Ich wollte alleine sein, so dass niemand mehr Druck auf mich ausübte oder Erwartungen hatte, die ich nicht erfüllen konnte.

Wir stritten uns häufig und sie kam nicht mehr an mich heran, was unser Verhältnis zusätzlich belastete. Es gelang mir nicht, ihr begreiflich zu machen, dass ich selbst nicht verstand, was in mir vorging.

Dann kam der Unfall.

Ich stürzte mit dem Skateboard, brach mir den Kiefer an mehreren Stellen und schrammte nur wenige Millimeter am Tod vorbei. Beinahe hätte ich mir den Schädel zertrümmert.

Im Krankenhaus verständigte man meine Mutter, während ich zwischen Bewusstlosigkeit und Dämmerzustand schwebte. Die Schmerzen waren kaum auszuhalten, mein ganzes Gesicht so angeschwollen, dass man mich erst einen Tag nach dem Unfall operieren konnte, zwölf lange Stunden. Anschließend wurde mein Kiefer durch Drähte zusammengehalten. Ich konnte weder sprechen noch etwas essen. Der Tropf verhinderte, dass ich nicht verdurstete. Erst nach Tagen war es mir möglich, Flüssigkeit zu mir zu nehmen. Mit Astronautennahrung überstand ich die ersten Tage. Die Suppe, die meine Mutter mir brachte, schmeckte, im Vergleich zu dem süßen Astronautenzeug, einfach wunderbar. Nur unter starken Medikamenten konnte ich schlafen oder überhaupt den Tag überstehen. Nach vier Wochen essen durch den Strohhalm, war ich auf die Hälfte meines Körpergewichtes abgemagert. Ich war eh nur ein Spucht, was meine Körpermaße anbelangte, war zwar groß, aber immer schon recht dürr. Meine Mutter entschied, mich wieder zu sich nach Hause zu holen, um mich dort aufzupäppeln. Da war ich also wieder, in meinem Kinderzimmer, und war mir sicher, dass der Unfall hatte geschehen müssen, damit in meinem Leben eine Wende eintritt.

Jans Unfall war ein Schock. Ich erhielt einen Anruf aus einem Krankenhaus und drehte vor Panik und Sorge fast durch. Da nicht eindeutig daraus hervorging, um welchen meiner Söhne es sich handelte, fuhren wir in der Annahme, es sei Johannes, erstmal ins ortsansässsige Krankenhaus.

»Kein Unfall und keine Einlieferung«, sagte man mir an der Rezeption. Dann konnte es ja nur Jan sein. Die Rezeptionistin machte eine Schnellanfrage in den Osnabrücker Krankenhäusern und Jan war rasch gefunden. Da es mittlerweile schon 22 Uhr war, machte es keinen Sinn mehr, noch in die Klinik zu fahren. Doch am nächsten Morgen machten wir uns so früh wie möglich auf den Weg.

Jan bot einen schrecklichen Anblick. Sein Gesicht war verformt und zugeschwollen. Ich konnte nur mit Mühe einen Heulkrampf unterdrücken. Als der Arzt mir sagte, was mit Jan geschehen war, verstand ich, wie knapp er dem Tod entkommen war. Die Röntgenbilder zeigten einen Splitterbruch in beiden Kiefergelenken und das Kinn war in der Mitte gebrochen.

Nach seinem Krankenhausaufenthalt nahm ich Jan mit zu uns nach Hause, denn er brauchte intensive Betreuung und Pflege. Noch mehrere Monate lang konnte er nur durch einen Strohhalm Nahrung zu sich nehmen. Alle meine Freundinnen kochten Suppen, die wir einfroren und nach und nach wieder auftauten. Die schlimmen Verletzungen verheilten nur allmählich. Ich war wieder voll in meiner »Kümmer-Rolle« und beobachtete, wie niedergeschlagen Jan war, was nicht nur an dem schweren Unfall lag. Wir redeten, soweit es möglich war, viel miteinander und suchten nach Möglichkeiten, seinem Leben einen neuen Inhalt zu geben.

Für Jan war der Unfall eine Zäsur, eine Art Weckruf, dass sich in seinem Leben etwas ändern musste. Der langsame Heilungsprozess hatte zur Folge, dass Jan das Kauen neu erlernen musste. In diesen Wochen kümmerte er sich hauptsächlich darum, wieder gesund zu werden, interessierte sich für nichts und litt, körperlich wie seelisch. Für mich als Mutter war es nur schwer mit anzuschauen, ihn leiden zu sehen. Ich versuchte, ihm Stabilität zu geben und hoffte, dass es besser werden würde, wenn erst die Verletzungen verheilt waren.

Als schließlich sein Kiefer wiederhergestellt war, willigte Jan ein, etwas gegen seine Depressionen zu tun. Dadurch, dass er jetzt eine Weile in meiner Nähe war, hatte ich seinen Gemütszustand auch so wahrgenommen, dass, sollte er sich nicht in eine Therapie begeben, er sich möglicherweise etwas antun würde. Ihm selbst aus seiner Hoffnungslosigkeit zu holen, damit war ich heillos überfordert. Ganz gleich, wie viel Verständnis ich zeigte.

»Ich fühle nichts mehr«, sagte er einmal zu mir. »Keine Freude, keine Trauer, in mir ist alles leer.«

Mein Gehirn war unaufhörlich damit beschäftigt, nach einer Lösung zu suchen, wie ich Jan helfen und ihn aus seinem Tief herausholen konnte. Wir entschieden gemeinsam, dass Jan einen Arzt aufsuchen sollte. Die, fast schon zu erwartende Diagnose einer starken Depression, hatte die Einweisung in einer psychosomatischen Klinik zur Folge, in der Jan fünf Wochen therapiert wurde. Ein bisschen habe ich mich gefreut, dass Jan sich zu diesem Schritt entschlossen hatte, da er Hilfe von Fachleuten brauchte, damit sein Leben wieder ins Fließen kam.

Der therapeutische Ansatz der Klinik war, Jan erkennen zu lassen, dass nur er selbst etwas gegen seine Depression unternehmen konnte.

Mit der behandelnden Ärztin kam er leider nicht gut zurecht. Sie sprach kaum Deutsch und gab sich oft herablassend, was sich nicht gut mit Jans tiefsitzenden Minderwertigkeitskomplexen vertrug. Doch Jan halfen die Gespräche mit den anderen Patienten. Er war einer unter vielen. Er erlebte, dass sogar erfolgreiche Menschen, wie Ärzte oder Anwälte, Depressionen bekamen und hier zur Therapie waren. Das gab ihm neuen Mut.

Wie das Leben so spielt, lernte Jan in der Klinik eine junge Frau kennen. Klara, eine Mitpatientin in seinem Alter.

Jan
Tatsächlich war es die Gemeinschaft mit den anderen Patienten, die mir aus meinem Loch heraushalf. Mit meinem Zimmernachbarn ging

ich in das Schwimmbad oder in die Sauna, wir alberten herum oder führten auch mal ernsthafte Gespräche. Die größte Wendung aber brachte die Begegnung mit Klara.

Klara war hochbegabt, unglaublich klug und wortgewandt und hatte nach einer gescheiterten Beziehung den Boden unter den Füßen verloren. Klara dachte einfach zu viel über Dinge nach, so war mein erster Eindruck von ihr, mal davon abgesehen, dass ich sie wunderschön und attraktiv fand. Ich wollte unbedingt in ihrer Nähe sein, Zeit mit ihr verbringen, ihr zuhören. Dass jemand, der so klug war wie Klara, mit mir Zeit verbringen wollte, fühlte sich großartig an und gab mir ein schönes, warmes Gefühl der Zuversicht.

Ein langer Weg durch die Dunkelheit

Der Aufenthalt in der psychosomatischen Klinik war für mich mit ambivalenten Gefühlen verbunden. Einerseits spürte ich Erleichterung, weil ich sah, dass Jan sich öffnete und über seine Probleme sprach, andererseits fühlte es sich an wie ein neuer Tiefpunkt. Psychisch krank, sollte das wirklich die endgültige Einschätzung für Jans weiteren Lebensweg sein? Außer der Diagnose »Depression« konnten die behandelnden Ärzte keine weitere Störung feststellen. Doch die Depression erklärte nicht alle Auffälligkeiten, die Jan schon sein ganzes Leben lang begleiteten. Wieder einmal stürzte ich mich in Literatur und Online-Foren. Versuchte herauszubekommen, ob es neue Erkenntnisse oder Verfahren gab, die wir noch ausprobieren könnten. Wenn Jan bereits als Kind Depressionen gehabt hatte, was war der Auslöser gewesen? Ich las, dass Depressionen und andere psychische Krankheiten auch in der Kindheit auftreten, meistens aber durch traumatische Erfahrungen ausgelöst wurden. Welche traumatischen Erfahrungen sollte Jan gemacht haben? Dadurch, dass wir immer zusammen waren, hätte ich doch irgendetwas mitbekommen müssen, oder etwa nicht?

Zugleich nährte mich die Hoffnung, dass man in der psychosomatischen Klinik dem Geheimnis von Jans Leiden auf die Spur kommen und unsere Odyssee ein Ende finden würde. Also kaufte ich für Jan alles ein, von dem ich meinte, dass es seinen Aufenthalt so angenehm wie möglich machen würde. Jogginganzüge, Kosmetikartikel, T-Shirts und so weiter. Dann holten Martin und ich ihn in Osnabrück aus seinem Zimmer in dem Studentenwohnheim ab und brachten ihn in die Klinik in der Nähe von Herford, wo zunächst ein fünfwöchiger Aufenthalt vorgesehen war, der, je nach Verlauf, verlängert werden konnte. Während der Fahrt wirkte Jan aufgekratzt und sogar ein wenig euphorisch. Er strahlte eine Mischung aus Hoffnung und ängstlicher Erwartung aus. Ob der Aufenthalt eine Wende zum Besseren bringen würde? Ich war im festen Glauben, endlich die richtigen Ansprechpartner gefunden zu haben. Zumal man mir in der Klinik versicherte, Jan auf seinem weiteren Lebensweg, nach der Therapie, zu begleiten und zu unterstützen.

Die Klinik lag im Grünen, die Zimmer waren hell und freundlich und das anwesende Personal wirkte kompetent und sympathisch. Ich verabschiedete mich von Jan mit dem Gefühl, ihn gut aufgehoben zu wissen.

Jan
Es war erst einmal ziemlich seltsam, in der Klinik anzukommen. In der Vergangenheit hatte ich ja bereits die eine oder andere Institution von innen kennengelernt, eine Klinik zur Behandlung psychischer Leiden war allerdings bisher noch nicht darunter gewesen. Wie vermutlich jeden Menschen in dieser Situation, quälten mich Vorbehalte und sinnlose Gedanken darüber, was mich erwartete. Wenn man selbst noch nicht in einer solchen Situation gewesen ist, tauchen leicht die wildesten Bilder auf, was alles geschehen kann. Dass es zwischen Psychiatrie und Psychosomatik einen Unterschied gab, wusste ich bereits. Ich war sehr erleichtert, als ich feststellte, dass keiner der anwesenden Patienten

»völlig irre« wirkte und die Pfleger auch nicht rüberkamen, als würden sie uns gerne in Zwangsjacken stecken. Mein Zimmer gefiel mir vom ersten Moment an.

Nachdem meine Mutter mich abgesetzt hatte, packte ich meine Sachen aus und musste dann zu einem gründlichen medizinischen Check-up. Natürlich war ich gespannt, ob man mir hier endlich eine Erklärung dafür geben würde, was genau eigentlich mit mir los war. Durch meinen Therapieplan musste ich mich erst mal durcharbeiten, mich mit den Räumlichkeiten vertraut machen, um zu checken, wo ich hin musste und was die einzelnen Therapieformen bedeuteten. Nicht unter allen Begriffen konnte ich mir etwas vorstellen. Es gab »Gestaltungstherapie«, »Gruppentherapie«, »Musiktherapie«, »Bewegungstherapie« und Einzelgespräche mit meiner betreuenden Psychologin. Was mir gut gefiel, war das große Sportangebot in der Klinik, und zu meiner Überraschung war auch das Essen besser, als ich erwartet hatte. Die anderen Patienten in meiner Gruppe waren alle nett und wirkten ziemlich

»normal«. Meistens litten sie unter Problemen wie »Burn-out« oder »Depressionen«. Viele wirkten erschöpft oder als hätten sie eine harte Zeit hinter sich. Im Grunde waren es alles ganz normale Menschen, mit Beruf und Familie, die ihre Köpfe weder an die Wand schlugen noch unartikuliert herumschrien.

Ich lebte mich schnell ein und es tat mir gut, in einen so festen Tagesablauf eingebunden zu sein, in dem ich nichts anderes tun musste, als an mir selbst zu arbeiten. Am Anfang verstand ich nicht, was die ganzen Therapien an meiner Depression ändern sollten. Einiges fand ich auch ein bisschen albern, etwa, wenn die Therapeuten uns aufforderten, wie Kinder zu spielen. Eher anstrengend empfand ich es, den anderen in der Gruppentherapie zuzuhören, wie sie über ihre Probleme redeten. Doch nach einer Weile setzte ein Prozess ein, der mir mehr Klarheit darüber verschaffte, was die Depressionen mit mir machten. Ich konnte ausdrücken, dass ich traurig war, mich antriebslos fühlte, mich selbst nicht verstand und Angst vor der Zukunft hatte. Das hatte etwas Befreiendes, Leichtes. Mein

Zimmernachbar war ein dankbarer Zuhörer und die Gesellschaft der Mitpatienten begann ich immer mehr zu genießen.

Die erhoffte Wunderheilung aber blieb aus. Meiner Diagnose »Depression« konnten die behandelnden Ärzte und Therapeuten nur wenig hinzufügen. Sie erklärten mir, dass Depressionen viele Auslöser haben konnten, einige seien Veranlagung, andere erworben. Was genau bei mir der Ausschlag gewesen sei, wisse man nicht. Aufgrund meiner Erzählungen aus meiner Biografie, nahm man aber an, dass mein Drogen- und Alkoholkonsum in meiner Jugend, eine entscheidende Ursache gewesen sei. Meine Erklärung, schon damals traurig, antriebslos gewesen zu sein und dass das Trinken und das Kiffen nur meine Methoden gewesen waren, um diesen Zustand auszuhalten, wollte niemand so recht hören. Mir kam es seltsam vor, dass die Ursache und die Auswirkung von etwas identisch sein sollten. Doch ich hatte inzwischen so oft gehört, dass das, was ich fühlte nicht der Norm entsprach, dass ich nicht weiter nachhakte.

Eine wichtige Entwicklung brachte die

Therapie in jedem Fall. Ich begegnete Klara. Klara war das genaue Gegenteil von mir und ich fand sie vom ersten Augenblick anziehend. Sie war, wie hier in der Klinik festgestellt wurde, überdurchschnittlich intelligent und musste sich mit dieser Erkenntnis erst mal anfreunden. Klara konnte gar nicht anders, als alles auf unzähligen Metaebenen zu analysieren, sie fühlte sich manchmal, als stecke sie ganz allein in einem ausweglosen Labyrinth fest. Dieses Gefühl kannte ich gut, auch wenn mein Labyrinth ein völlig anderes war. Vielleicht war das der Grund, weshalb wir uns von Anfang an gut verstanden. Wir trafen uns auf dem Klinikgelände und redeten stundenlang. Ich hatte das Gefühl, Klara konnte alles, was in mir vorging, wirklich verstehen. Sie hörte mir zu und begriff sogar dann, was ich sagen wollte, wenn es mir schwerfiel, die richtigen Worte zu finden. Aus heutiger Sicht erscheint mir das noch viel bemerkenswerter, denn zu jener Zeit hatte ich überhaupt keinen Zugang zu den Zwischenwelten meiner Gefühle. Ich erlebte nur die Spitzen und Extreme, wie absolute Liebe oder totale Aggression. Alles dazwischen schwelte in meinem Unterbewusstsein und wurden erst dann von mir wahrgenommen, wenn sie außer Kontrolle gerieten.

Wir verliebten uns heftig ineinander, auch wenn ihre Gefühlswelt und ihre Perspektive auf die Welt eine andere war, als die der meisten Menschen. Es war schon cool, dass ein so kluger Mensch wie Klara in mir jemanden sah, dem sie vertraute und mit dem sie gerne ihre Zeit verbrachte. Zum ersten Mal erlebte ich es, nicht ständig wie ein Idiot und Versager betrachtet zu werden. Rückblickend übte das wohl den stärksten heilenden Effekt auf mich aus.

So große Hoffnungen ich in die Therapie gesteckt hatte, so heftig landete ich nach fünf Wochen auf dem Boden der Tatsachen. Jan wurde entlassen, ohne dass es eine neue Diagnose oder einen Behandlungsansatz gab und die versprochene Nachsorge fiel einfach unter den Tisch. Ohne nennenswerte Erkenntnisse für die Zukunft, erlebte ich, wie Jans Leben durch die Begegnung mit Klara einen neuen Fokus bekam und er hoch motiviert war, etwas Wesentliches zu verändern. Dass er mehr oder weniger Hals über Kopf nach Bremen zog, um in ihrer Nähe zu sein, betrachtete ich mit einem lachenden und einem weinenden Auge. Einerseits war er zu weit weg, um von unserer Unterstützung profitieren zu können, andererseits freute ich mich, dass es nun jemanden gab, der ihm guttat und für ihn da war. Das dachte ich zumindest. Auch wenn mir die Gegensätzlichkeit der beiden und die Tatsache, dass sie sich in einer Klinik kennengelernt hatten, durchaus Sorgen bereitete.

Jan wirkte selbstbewusster und voller Tatendrang. Er war fest entschlossen, diesen Wandel in seinem Leben jetzt durchzuziehen, während meine Gedanken um die Frage kreisten, was geschehen würde, wenn die Beziehung zu Klara endete. Doch davon wollte er nichts hören. Mir blieb also nichts anderes übrig, als ihn erneut gehen zu lassen. Immerhin war Jan erwachsen und traf seine eigenen Entscheidungen.

Jans neue Wohnung in Bremen erschien mir noch schlimmer als seine alte. In der Eile und dem Umstand geschuldet, keinen Job vorweisen zu können, hatte er sich für ein Zimmer entschieden, das ich ohne Übertreibung als »Bruchbude« bezeichnen würde. In den ersten Wochen nach seinem Wegzug hörten wir so gut wie nichts von ihm. Wenn er sich meldete, wirkte er glücklich, beinahe euphorisch. Ich freute mich, dass er seine Depression offenbar im Griff hatte.

Vier Monate lang verbrachte er sehr viel Zeit mit Klara und dem Bemühen, dort anzukommen. Es schien ihm gut zu tun, doch der befürchtete Aufprall ließ nicht lange auf sich warten. Klaras starke emotionale Schwankungen erforderten von Jan ein Höchstmaß an Aufmerksamkeit. Mit sich selbst noch im Unreinen, belastete ihn ihre Unausgeglichenheit und hinderte ihn daran, in Bremen richtig Fuß zu fassen. Stabilität für sich selbst zu finden, sich einen Job zu suchen, sich irgendwelchen Gruppen anzuschließen, sich also ein Leben aufzubauen, dafür blieb ihm kaum Energie. Von außen wirkte es manchmal, als versuchten zwei Ertrinkende sich aneinanderzuklammern. Erst später erzählte er mir, dass Klara an einer bipolaren Störung litt. Ihre überdurchschnittliche Intelligenz verschlimmerte diesen Zustand noch.

Trotz der Trennung blieb Jan in Bremen. Er war jetzt 24 Jahre alt und arbeitete als Fahrradkurier, was ich mir, ohne entsprechende Ortskenntnisse, reichlich schwierig vorstellte. Doch zu meinem Erstaunen bekam er das ganz gut hin. Mittlerweile telefonierten wir wieder miteinander. Schon an kleinsten Nuancen in seiner Stimme oder manchmal sogar am ersten Ton, wenn er den Hörer abnahm, konnte ich seinen Gemütszustand erahnen. Man konnte nicht gerade behaupten, dass es Jan darauf anlegte, häufig Kontakt zu mir herzustellen, deshalb waren meine Antennen hochgradig ausgefahren. Jan verdiente sehr wenig und trotz der traurigen Wohnung, in der er lebte, schien es, als habe er sich ein wenig Stabilität aufgebaut. Ich war stolz auf ihn, weil er nun schon seit so vielen Jahren, trotz all seiner Probleme, keinen Alkohol mehr trank und sich konsequent von allen Situationen fernhielt, in denen er damit konfrontiert wurde. Immerhin war er ein junger Mann und es kostete ihn mit Sicherheit eine Menge Selbstdisziplin, weder zu Partys noch in

Kneipen zu gehen, wie es andere junge Männer in seinem Alter regelmäßig taten. Wie ich später erfuhr, war das auch einer der Streitpunkte zwischen ihm und Klara gewesen. Sie wollte gerne ausgehen, in Clubs oder in Bars, und verstand nicht, dass Jan das als trockener Alkoholiker ablehnte.

Doch die Stabilität, die Jan nach außen zeigte, war nur oberflächlich. Nach der Trennung von Klara verlor er, wie ich befürchtet hatte, jeden Halt. Er taumelte mehr durch sein Leben, als dass er es aktiv führte. Ich war mir sicher, dass wir auf die nächste große Katastrophe zusteuerten, ohne dass ich es aufhalten konnte. Jan hörte auf zu arbeiten und lag nur noch im Bett. Seine Depression und Lethargie übernahmen wieder die Regie und dieses Mal so heftig, dass ich Angst hatte, er könnte eine letzte konsequente, unabwendbare Entscheidung treffen. Mit viel Überzeugungskraft und letztendlich auch durch Jans Einsicht, erreichte ich seinen Umzug zurück in unsere Kleinstadt.

Jan

Die Zeit nach der Trennung von Klara war eine Zeit voller finsterer Tage. Ich fühlte mich von allem abgeschnitten. Nichts machte mehr Sinn, nichts fühlte sich gut an. Jeder einzelne Tag war eine endlose Qual, Minuten, die sich ausdehnten zu Stunden. Es war, als hätte ich Bleischuhe an den Füßen. Trotz der inneren Leere zerriss es mich in meinen Eingeweiden. Der Kontakt zu mir selbst und der Welt da draußen war abgebrochen. Es verging kein Tag, an dem ich nicht an Selbstmord dachte. Doch sogar an jenem Tiefpunkt, in dieser sehr harten Zeit, empfand ich es als unfair gegenüber meiner Familie, einen solchen Schritt zu gehen. Ich war so weit unten, dass mir sogar dazu die Kraft und Motivation gefehlt hätten.

Ich wusste nicht mehr, was ich tun sollte. Die Therapie hatte mir nicht geholfen. Ich war allein und ein Job kostete mich viel zu viel Kraft. Es gab nichts, womit ich mich beschäftigen wollte, außer, mich in meiner nicht sehr komfortablen Wohnung zu verkriechen und zu warten. Worauf, wusste ich allerdings nicht. Vielleicht, dass ein großer Retter durch die Tür kommt und mein

Leben in die Hand nimmt. Das war eine wunderbare Vorstellung. Versuche, einen Blick in meine Zukunft zu werfen, ließen nur unbestimmte Bilder in mir aufkommen. Nichts Helles, was angefüllt wäre mit Leichtigkeit und klaren, sinnvollen Resultaten. Das Dunkel in meinem Kopf nahm gigantische Ausmaße an. Während andere ihr Studium abschlossen, um die Welt reisten, Partys feierten und in das Arbeitsleben eintraten, saß ich in einer Wohnung und starrte vor mich hin. Nichts machte mehr Spaß, nichts konnte mich motivieren, nirgendwo zog es mich hin. Ich vermisste Klara, ich vermisste die Zweisamkeit, doch eine gemeinsame Zukunft würde es nicht geben. Irgendwann erinnerte ich mich daran, was mir in der Therapie geholfen hatte, und begann zu malen, um mich selbst zu therapieren. Durch das Aufleben lassen alter Talente gelang es mir, zumindest für kurze Augenblicke, ein bisschen mehr Zugang zu meinen Gefühlen zu finden und diesem finsteren Loch in meinem Inneren zu entfliehen. Wer war ich überhaupt? Warum war ich hier? Und warum hatte sich mein Leben schon immer so falsch angefühlt? Warum konnte mir niemand sagen, was mit mir los war und warum gab es keine Hilfe? Ohne auf Antworten auf diese Fragen zu hoffen, gelang es mir irgendwie durchzuhalten, mir nicht das Leben zu nehmen. Für diesen letzten Schritt war meine Verzweiflung letztlich wohl nicht groß genug, vielleicht auch, weil meine Mutter sich aus der Ferne unermüdlich um mich bemühte und mich schließlich nach Hause zurückholte.

Endlich lebte Jan wieder in unserer Nähe und ich konnte ein wenig aufatmen. Immerhin saß er jetzt nicht mehr kilometerweit weg in einer fremden Stadt und war ganz allein. Über Beziehungen verschaffte ich ihm eine niedliche kleine Wohnung und einen Job im hiesigen Krankenhaus, wo er im Hol- und Bringdienst für die Essenausgabe auf den Stationen zuständig war. Allerdings verlor Jan diesen Job nach nur fünf Monaten wieder, weil er es an zu vielen Tagen einfach nicht schaffte, rechtzeitig aufzustehen. Für uns war das eine erneute Enttäuschung. Der einzige Lichtblick in jener Zeit war der Kontakt zu Carsten, einem alten

Bekannten von mir, der als niedergelassener Therapeut arbeitete und zu dem Jan glücklicherweise Vertrauen aufbaute. Seit langer Zeit, wenn nicht sogar überhaupt das erste Mal, erlebte ich das Gefühl, dass jemand Jan verstand und ihm wirklich helfen wollte. Jan war jetzt Mitte zwanzig und hatte keine Perspektive. Doch mit Carstens Unterstützung und durch die Nähe zu uns, folgte eine Phase relativer Ausgeglichenheit, in der er es tatsächlich schaffte, seinen Führerschein zu machen. Ein Ziel, von dem er immer geglaubt hatte, es aufgrund seiner Probleme niemals erreichen zu können. Das war eine riesige Freude und legte ein Pflaster auf die Wunde seines sehr angekratzten Selbstwertgefühls. In der Folge übernahm Jan einen Job als Essensauslieferer in der Altenpflege. Anfangs meinte Jan, von den vielen Reizen, die beim Autofahren auf ihn einwirkten, überfordert zu sein, doch nach und nach entwickelte er die richtigen Filter und fand sogar Spaß an seiner Arbeit. Jan hatte einen guten Draht zu den alten Menschen und kam mit seiner Art bestens an, deshalb übernahm er nach und nach auch andere pflegerische Aufgaben. Ich war dankbar für diesen Status. Alles Weitere würde sich im Laufe der Zeit einstellen, und Jan würde sich ein eigenes und unabhängiges Leben aufbauen können.

Mütter haben von Natur aus die Veranlagung, immer mehr und tolleres für ihre Kinder zu wollen. Oft stellte ich mir die Frage, ob dieses »etwas erreichen wollen« eher für mich als für meinen Sohn galt. Ich selbst fühlte mich auch nicht gerade als Überflieger. Bei jedem Aufeinandertreffen mit anderen Müttern, hoffte ich, dass mir die Frage »Und, was machen deine Kinder«? erspart blieb. Nur wenige Menschen ließ ich an meinem Leiden teilhaben, nur wenige wussten davon. Durch das viele Scheitern in Jans Leben, war es mir vergönnt, Geduld zu lernen. Die Ansprüche an »größer, schneller, weiter«, auf ein Minimum zu reduzieren. Ich lernte Gelassenheit, den Dingen ihren Lauf zu lassen und dem Leben wertfreier zu begegnen.

Da Jan das Autofahren immer weniger Aufmerksamkeit abforderte, hatte ich die Idee, ob er es nicht als Berufskraftfahrer versuchen wollte. Anfangs wehrte Jan ab, doch nachdem wir alle Für und Wider mehrmals durchdacht hatten, ließ Jan sich darauf ein. Er absolvierte den LKW-Führerschein mit Bravour. Ich war tief beeindruckt, ihn mit diesen riesigen Fahrzeugen herumfuhrwerken zu sehen. Zu meiner großen Freude fand er sofort einen Job. Mein Mutterherz floss über vor Stolz und ich wurde nicht müde, allen von seinen Erfolgen zu berichten.

Als Berufskraftfahrer verdiente Jan plötzlich sehr gut. Er brauchte weder Hilfe von uns noch vom Amt und stand auf eigenen Beinen. Wenn mich jemand fragte, wie es Jan ging, dann musste ich keine ausweichenden Antworten mehr geben, sondern sagte mit tiefer innerer Zufriedenheit: »Mein Sohn ist LKW-Fahrer.« Wer hätte das noch ein paar Jahre zuvor gedacht? Endlich, so schien es, war Licht am Ende des Tunnels zu sehen. Die schweren, dunklen Zeiten lagen hinter uns. Es schien aufwärts zu gehen.

Zwar machte Jan seinen Job sehr gerne und genoss die Verantwortung und die Anerkennung, die er dafür erfuhr, doch das lange

Fahren, auch über Nacht, strengte ihn unendlich an und überforderte ihn zusehends. Es war ein schleichender Prozess, den zuerst noch nicht einmal er selbst wahrnahm. Er lieferte Lebensmittel und Feinkost aus und fuhr Touren, die zwischen einem und drei Tagen dauerten. Das bedeutete: Er war ständig unterwegs, musste häufig nachts fahren und hatte keinen regelmäßigen Tagesrhythmus. Nach außen wirkte Jan sehr souverän und männlich, so, als sei er endlich erwachsen geworden, doch in ihm nagten die Zweifel, wie lange er das noch durchhalten würde. Von der Müdigkeit und Erschöpfung konnte er sich immer weniger erholen und sich absolut nicht erklären, woher das kam. Sein Alltag fühlte sich an, als würde er ununterbrochen arbeiten. Zu allem anderen fehlte ihm die Kraft. Wieder einmal schlichen sich Gedanken über die Sinnlosigkeit seines Tuns in den Vordergrund, nichts zu haben, auf das er sich wirklich freute. Wer keine Energie hat, kann keine Pläne schmieden oder Zukunftsperspektiven entwickeln. Mein Mutterinstinkt bemerkte bald, dass in Jan etwas vorging, worüber er noch nicht mit mir sprechen wollte. Sicher hielt er sich noch zurück, um mich und auch sich selbst, nicht schon wieder zu enttäuschen. Doch schließlich hielt er es nicht mehr aus und teilte mir mit, dass er eine Pause von seinem Beruf brauche. Die Arbeitszeiten und die langen Touren waren einfach zu viel für ihn. Das verstand ich natürlich. Wir überlegten sogar, ob Jan noch einmal eine stationäre Therapie machen sollte, doch stattdessen kaufte sich Jan von seinem hart erarbeiteten und gesparten Geld ein S-Pedelec, ein Elektrofahrrad mit 45 km/h. Die langen Touren, die Bewegung in der Natur, die Freiheit und die Zeit für sich, taten ihm unglaublich gut. Nach einigen Monaten war er bereit, es noch einmal als Berufskraftfahrer zu versuchen. Er nahm eine Stelle als Fahrer in einem Tierfuttermittelunternehmen an und es sah so aus, als käme er nun besser zurecht, doch wenn ich mit ihm sprach, nahm ich wieder sein angeknackstes Selbstwertgefühl wahr. Irgendetwas hatte gelitten. Jan traute sich nichts mehr zu. Ständig haderte er mit der ungerechten Behandlung und den nicht eingehaltenen

Versprechen seitens der Geschäftsleitung, die Arbeitsbedingungen zu verbessern. Dann kam der Knall und Jan brach einfach zusammen.

Jan
Ich wusste, wie stolz meine Mutter auf mich war, dass ich nun endlich einen »richtigen« Job hatte und so viel Geld verdiente, dass ich unabhängig leben und mir so tolle Dinge wie mein Elektrofahrrad leisten konnte. Finanziell gut abgesichert zu sein, war eine meiner besten Erfahrungen aus dieser Zeit. Und trotzdem verschwand das schwarze Loch in meinem Inneren einfach nicht. Es blieb da und verschlang weiter jeden Tag einen kleinen Teil von mir. Wenn doch jetzt alles gut war, warum verdammt, konnte ich dann nicht glücklich sein? Weshalb fühlte sich alles trotzdem so schwer, so unerträglich an? Wie gelang es anderen Menschen, ihr Leben zu führen und zumindest zufrieden oder teilweise glücklich zu sein? Jeder Tag, an dem ich arbeitete, kostete mich eine unermessliche Anstrengung. Wenn ich frei hatte, lag ich völlig erschöpft im Bett. Was zum Teufel

war nur los mit mir? Natürlich hatte ich inzwischen eine Menge über Depressionen gelernt und dachte, dass meine Symptome, meine Empfindungen und Schwermütigkeit darauf zurückzuführen seien. Aber weshalb gingen sie dann nicht vorbei oder linderten sich ein wenig, wenn meine Lebensumstände sich zum Positiven veränderten?

Als ich meinen Job schließlich nicht mehr ausüben konnte, verbarrikadierte ich mich einen Monat lang in meiner Wohnung und ernährte mich von Döner und Tiefkühlpizza. Ich sprach mit niemandem, ging nicht ans Telefon, lag einfach nur da und fühlte, wie das schwarze Loch in mir immer größer wurde.

»Ich passe einfach nicht in diese Welt«, dachte ich mir. Verbitterung, Leere, Teilnahmslosigkeit. Wieder einmal hatten mich die Depressionen eingeholt. Vielleicht sind manche Menschen einfach nicht für diese Welt geschaffen.

Der vertraute Gedanke an Selbstmord machte sich in meinen Gehirnwindungen breit, war ständig präsent und es kostete mich noch mehr Kraft als in meiner letzten Tiefphase, ihm nicht nachzugeben. Ich fühlte mich wie eine leere Hülle. Zu erkennen, wer ich eigentlich war und was ich vom Leben wollte, blieb unsichtbar. Bisher hatte ich immer nur getan, was andere von mir erwarteten.

Auf die ständigen Fragen »Und was machst du jetzt? Was hast du jetzt vor?« wusste ich einfach keine Antwort. Ich war da und doch nicht da. Es gab niemanden, der diesen Zustand verstand oder mir helfen konnte, ihn zu überwinden. Zu versuchen, etwas Neues anzufangen erschien mir sinnlos. Ein anderer Job oder eine neue Ausbildung würden sicher den gleichen Verlauf nehmen, wie in der Vergangenheit. Ich konnte zwar Dinge schaffen, die ich mir fest vornahm, doch es kostete mich enorme Anstrengung, um langfristig dabei zu bleiben. Ständig befand ich mich am Limit meiner Energie.

Ich wollte weder einen schlecht noch gut bezahlten Job annehmen, der mich komplett vereinnahmte und mir keine Luft zum Atmen ließ. Nicht mehr als Berufskraftfahrer ausgebeutet werden und mein ganzes Leben auf der Straße verbringen.

Als ich überhaupt nicht mehr weiterwusste, meldete sich Patrick bei mir, mein ehemaliger Mitbewohner aus der WG. Auch er befand sich gerade in einer tiefen Krise. Innerhalb eines halben Jahres waren beide Elternteile von Patrick verstorben. Gemeinsam entrümpelten wir das Haus, in dem seine Eltern gewohnt hatten und ich unterstütze ihn so gut ich konnte, die anfallenden organisatorischen Aufgaben hinter sich zu bringen. Nachdem auch für Patrick wieder etwas Ruhe eingekehrt war, entschlossen wir uns spontan zu einer Wanderung.

Unsere Idee war, 450 Kilometer bis nach Flensburg zu wandern und einen Kumpel zu besuchen, den wir vom gemeinsamen Zocken kannten. Auf dieser Wanderung, so hofften wir, würden wir erfahren, wer wir selbst waren und wohin uns unser Weg in Zukunft führen würde. So ähnlich wie in dem Buch »Ich bin dann mal weg«. Wir planten diese Tour nicht großartig und machten uns über Dinge wie Gepäck und richtige Ausrüstung wenig Gedanken, mehr oder weniger gingen wir einfach los. Erst fühlte es sich gut an, unterwegs zu sein, nicht mehr allein mit den quälenden Gedanken und der Leere, doch wir stellten bald fest, dass unsere Rucksäcke viel zu schwer waren. Nach den ersten dreißig Kilometern hatte jeder von uns schreckliche Blasen an den Füßen. Obwohl wir gerade einmal die erste Etappe hinter uns hatten, waren wir kurz davor, einfach umzukehren.

»Nein«, sagte ich entschieden. »Wenn wir zurückgehen, dann geht die ganze Scheiße immer weiter. Wir müssen das jetzt durchziehen, koste es, was es wolle.«

Als wir Glückstadt erreicht hatten, konnten wir rund achtzig Kilometer des Weges mit einer Fähre zurücklegen und uns ein wenig erholen. Schon weit vorher hatten wir unsere Rucksäcke von allem befreit, was wir unnötigerweise eingepackt hatten. Anschließend wogen sie noch die Hälfte und wir wanderten ab Glückstadt dann an der Küste entlang. Das Rauschen der Wellen und die Weite der Nordsee hatten etwas Beruhigendes und halfen uns dabei, durchzuhalten. Da wir uns kaum vorbereitet hatten, wussten wir weder, wo es Campingplätze gab, noch eine Stelle, an der wir uns mit anderen Dingen versorgen konnten. Also campten wir die meiste Zeit wild und ernährten uns von Konservendosen. Wirklich gut ging es uns nicht. Zwar hatten wir diese Tour im Vorfeld ziemlich romantisch verklärt und es gab viele schöne Momente auf der Reise, doch es war eine Illusion, zu glauben, dass ich vor meinem Leben und Patrick vor seinen Problemen davonlaufen konnte. Ich hatte mein schwarzes Loch einfach mitgenommen und konnte es jeden Tag spüren. Schön war die Gemeinschaft, doch der Weg anstrengend und jeder Tag hielt neue, unerwartete Probleme für uns bereit, so dass es häufig zu Streitereien zwischen uns kam. Trotzdem habe ich diese Wanderung als eine der wichtigsten Erfahrungen in meinem Leben gespeichert; denn wir hielten bis zum Ende durch.

Für die letzten Kilometer bis Flensburg nahmen wir zwar den Zug, aber wir waren nicht umgekehrt. Wir hatten, entgegen aller Widerstände, unser Ziel erreicht. Das fühlte sich richtig gut an. Wenn wir das schaffen konnten, dann mussten doch auch ganz andere Dinge möglich sein. Ihren eigentlichen Zweck, zu erfahren, wer ich wirklich bin, erfüllte die Wanderung leider nicht. Ich hatte noch immer keine Antworten auf die Fragen, wer ich war, wer ich sein wollte und warum sich mein Leben wie eine einzige große Qual anfühlte.

Als Jan mir kurz vor dem Beginn seiner Wanderung von seinem Plan erzählte, fiel ich aus allen Wolken. Als Mutter hatte ich sofort eine Vielzahl von Schreckensszenarien im Kopf, die Jan unterwegs zustoßen konnten. Doch er ließ sich nicht beirren. Mit 28 Jahren war er erwachsen genug, um das allein zu entscheiden. Er zog mit Patrick los und meldete sich von unterwegs nur sporadisch.

In der Zwischenzeit ging ich in seine Wohnung, um den Briefkasten zu leeren. Mich traf fast der Schlag, als ich dieses Chaos dort sah. So etwas hatte ich noch nie gesehen. Ich schlussfolgerte natürlich daraus, dass der Zustand dieser Wohnung auch ein Ausdruck von Jans psychischer Verfassung war. Martin und ich brachten die Wohnung auf Hochglanz. In ihr stapelten sich verfaulte Bananen, gebrauchtes Geschirr, tütenweise leere Wasserflaschen, volle Aschenbecher – ein für mich nur schwer auszuhaltender Zustand. Mich beflügelte der Gedanke, Jan mit meiner Aufräum- und Saubermach-Aktion eine Freude zu machen.

Die lebensverändernden Erkenntnisse, die sich Jan von seiner Wanderung erhofft hatte, blieben leider aus. Zurück aus Flensburg, startete er am gleichen Punkt wie vorher. Allerdings hatte er die Entscheidung getroffen, weder erneut in der Pflege noch als Berufskraftfahrer zu arbeiten. Er erhielt durch einen Amtsarzt die Bestätigung, dass sein instabiler psychischer Zustand das nicht zuließ. Die Diagnose lautete »Burn-out«, da der Arzt vorrangig Jans schweren Erschöpfungszustand bewertete. Den Vorschlag einer erneuten stationären Therapie, lehnte Jan kategorisch ab. Schließlich entschied er sich, die Gespräche bei Carsten wieder aufzunehmen, was sich im Rückblick als Glücksfall erweisen sollte.

Ein erster Schritt zum Licht

Wenn im Frühling die vielfältigen Grüntöne der jungen Blätter das innere Erleben von Neuanfang und Aufbruch in uns auslöst, ist es nicht nur der Neuanfang, sondern auch das leicht werden, durch Loslassen von Altem, was diese Zeit ausmacht. In der ambulanten Therapie lernte Jan, seinen Alltag neu zu strukturieren und sie schenkte ihm den Mut, seinem Leben neue Ziele zu geben. Er nutzte die Chance, um das Erlebte aus dem sexuellen Missbrauch aufzuarbeiten. Es war Carsten, der Jan ermutigte, mit mir über das zu sprechen, was ihm als Jugendlicher widerfahren war und ihn später in die Alkoholsucht getrieben hatte. Wie das Erwachen des Frühlings, erlebte ich, wie die Schwere langsam von Jan abfiel. Worum es bei seinem Reinigungsprozess ging, war mir bis zu diesem Zeitpunkt ja noch verborgen. Eines Tages kam er zu mir und fragte mich, ob ich mit ihm spazieren gehen wollte. Er wirkte auf mich sehr bedrückt und angespannt. Meine Intuition ließ mich erahnen, dass er mir etwas sehr Wichtiges mitteilen wollte. Also machte ich es möglich und ließ alles andere stehen und liegen.

Wir gingen ein langes Stück, hinauf zum Ehrenhain, einem Denkmal, welches von sieben dicken Eichen eingerahmt, an einem kleinen Seerosenteich gelegen ist. Unterwegs sprachen wir über seine Therapie und seine Zukunftspläne. An diesem sehr kraftvollen Ort blieb Jan stehen, blickte mich an und sagte: »Mama, ich bin vor vielen Jahren missbraucht worden.«

Es war, als ob mir jemand ins Gesicht geschlagen hätte. Ich blinzelte und war mir im ersten Moment sicher, mich verhört zu haben. Es dauerte eine ganze Weile, bis mein Gehirn das, was Jan gerade gesagt hatte, verarbeitet hatte. Der einsetzende Schockzustand verhinderte, dass ich in mir so etwas wie ein Bild finden konnte, irgendeine Erinnerung, die das eben gesagte bestätigte. Aber da war nichts. Zwölf Jahre hatte etwas neben mir und Jan existiert, von dem ich nichts gewusst hatte. Das konnte, das durfte nicht wahr sein. Mein Herz quoll über vor Scham und Mitgefühl und wir verweilten in einer langen Umarmung.

»Wer war das, wann war das und warum hast du nie darüber gesprochen?«

Die Gedanken und Fragen in meinem Kopf überschlugen sich, gepaart mit dem erneuten Gefühl, als Mutter nicht für ihn da gewesen zu sein, als er mich brauchte.

»Das ist egal, wer das war. Die haben ihre Strafe bekommen«, wich Jan mir aus. Er gab mir keine Antwort auf diese Fragen und es sollte noch eine ganze Weile dauern, bis wir überhaupt darüber sprechen konnten. Der Schmerz, der in jenem Augenblick mein Herz zerriss, lässt sich kaum in Worte fassen. So etwas von seinem Kind zu erfahren, gehört zu dem Schlimmsten, was eine Mutter überhaupt erleben kann. Mein Kind, mein Sohn, hatte so sehr gelitten, etwas so Demütigendes erlebt und ich hatte all die Jahre nichts davon gewusst.

»Ich will die Scheiße einfach begraben«, sagte er zu mir und ich las in seinem Gesicht, wie viel Überwindung es ihn überhaupt gekostet hatte, mich in dieses Geheimnis einzuweihen. Mehr als deutlich nahm ich wahr, welch riesiger Druck von ihm abgefallen war, und ich versuchte, meine eigenen überschäumenden Gefühle zurückzuhalten. Wut, Verzweiflung und Kummer wechselten sich ab. Ich fragte ihn, ob er das Thema in seiner Therapie bearbeitete, doch er schüttelte den Kopf und sagte, dass sie nur oberflächlich darüber sprachen, ins Detail könne er noch nicht gehen.

Dieses Erlebnis hatte Jan tief getroffen und für lange Zeit sein Leben überschattet. Erst in der jüngeren Vergangenheit ist er überhaupt in der Lage, mit seinem Therapeuten die Einzelheiten anzuschauen. Das Thema ist gerade bei einem jungen Mann mit viel Angst und Scham besetzt. Wir haben lange gebraucht, um darüber sprechen zu können. Die einzigen Menschen, denen ich von dieser Schmach erzählte, waren mein Mann, Jans Vater Johann und Jans Bruder Johannes. Aus meiner eigenen Erfahrung weiß ich, dass manche Dinge nicht mehr ganz so schlimm erscheinen, wenn man darüber spricht. Statistisch gesehen sitzt in jeder Schulklasse ein Kind, das Missbrauch erfahren hat. Die meisten sprechen nie darüber, weil sie glauben, keine Hilfe erwarten zu können oder das ihnen nicht geglaubt wird. Dass Jan sein Schweigen gebrochen hat, war ein riesiger Schritt zur Befreiung. Ich habe gelesen, dass Jungen, die Verhaltensauffälligkeiten zeigen, Schule schwänzen, auf der Straße »herumlungern«, gezielt von Menschen mit solchen Absichten ins Visier genommen werden. Die besondere Verletzlichkeit von Jugendlichen wie Jan, macht die Täter auf sie aufmerksam. Sie gehen davon aus, dass sich für ihre Opfer ohnehin niemand interessiert, weshalb sie auch nicht zur Rechenschaft gezogen werden können.

»Ich habe mir immer selbst die Schuld daran gegeben, dass mir das passiert ist«, sagte Jan mir einmal, als wir wieder mit diesem Thema beschäftigt waren.

»Als Jugendlicher hätte ich dir das niemals sagen können, ich wäre lieber gestorben. Ich habe mich so geschämt. Deshalb nutzte ich den Alkohol, um all das zu vergessen«.

Noch heute zerreißt es mir das Herz, wenn ich diese Worte schreibe. Für mich war die Offenbarung meines Sohnes Winter und Frühling gleichzeitig. Jans Geschichte im Schnelldurchlauf.

Zumindest, was den sexuellen Missbrauch anbelangt.

Nach seiner Wanderung erlebte Jan eine recht ausgeglichene Phase. Er nahm sich bewusst eine Pause von Job oder Weiterbildung und kaufte sich ein Liegerad, mit dem er viel unterwegs war. Auf mich machte er den Eindruck, dass er viel über sich nachdachte, Kontakt zu seinen Gefühlen suchte und so probierte, seine Probleme in den Griff zu bekommen. Er war weit davon entfernt, glücklich zu sein, doch zumindest hatte ich die Gewissheit, dass Jan sich nicht aus seinem Leben verabschieden würde.

Jan

Ich fühlte mich völlig ausgebrannt. Jeder Tag war so unfassbar anstrengend, dass ich schon vor dem Aufstehen erschöpft war. Die Therapie strengte mich genauso an. Ich wollte keine Fragen mehr beantworten, nicht mehr nachdenken, nicht mehr ständig meine Probleme wälzen. Mir war schon klar, dass das vermutlich der einzige Weg war, um nicht von der Finsternis in mir verschlungen zu werden. Ich überlebte nur noch von Tag zu Tag und konnte mir zu diesem Zeitpunkt nicht vorstellen, dass es irgendetwas geben würde, was mein Leben verbessern, ja vielleicht sogar retten konnte. Der einzige Grund, weswegen ich mir nicht das Leben nahm, war, dass ich das meiner Familie, allen voran meiner Mutter, nicht antun konnte. Einen Sinn im Leben sah ich jedoch schon lange nicht mehr. Ich wollte einfach nur meine Ruhe haben und versuchte, mit mir selbst klarzukommen, dieses Ich, das sich wie ein Fremdkörper anfühlte, auszuhalten und zu ertragen. Verstehen würde ich es ohnehin niemals, dessen war ich mir damals sicher. Ich war mir selbst ein unlösbares Rätsel und nach allem, was wir schon versucht hatten, war die Wahrscheinlichkeit, dass sich ein Wunder ereignete, eher gering. Und der große Retter würde wohl auch nicht mehr an meine Tür klopfen.

Also war ich viel mit meinem Fahrrad unterwegs, zog mich zurück, tauchte manchmal eine Woche lang in meiner Wohnung ab, schaltete mein Handy aus und lenkte mich mit Zocken ab. Lust auf irgendetwas hatte ich keine.

Nichts machte mir Spaß. Meine Wohnung vermüllte zum wiederholten Male komplett, aber mir fehlte jeglicher Antrieb, etwas daran zu ändern. Ich wusste, wie sehr das meine Mutter in Aufregung versetzte. Aber egal, ich hatte einfach keine Kraft für Ordnung. Irgendwie musste es mir gelingen, mich selbst wiederzufinden, zumindest irgendein Echo davon. So verging ein halbes Jahr, in dem ich meine Therapiesitzungen wahrnahm, manchmal mit dem Fahrrad unterwegs war und mich ansonsten allein in meiner Wohnung aufhielt, unfähig, mich zu irgendetwas aufzuraffen. Tage vergingen, in denen ich einfach nur dalag. Wenn ich mich an frühere Jahre erinnerte, dann fragte ich mich, woher ich jemals die Kraft genommen hatte, in die Schule oder zur Arbeit zu gehen. Das erschien mir unvorstellbar. Ich fühlte mich wie in einer Sackgasse. Endstation, das war das Wort, an das ich ständig dachte. Soziale Kontakte konnte ich nicht aufrechterhalten, auch wenn ich sie mir wünschte.

Meine Mutter, die mich niemals aufgab, aktivierte eine befreundete Sozialarbeiterin, mich mal anzusprechen, da ich sie überhaupt nicht an mich heranließ. Ich ertrug es einfach nicht, in ihrem Gesicht zu sehen, wie viele Sorgen sie sich um mich machte, und sie immer wieder und wieder aufs Neue zu enttäuschen.

Meine Freundin Arnie sah in Jan ein ganz besonderes Wesen.

»Dein Sohn ist ein wunderbarer Mensch. Er hat so eine weise, tiefe Seele«, sagte sie immer wieder. Ihr gelang es, Kontakt zu Jan aufzubauen. Sie durfte ihn sogar zu Hause besuchen, kommentierte den Zustand seiner Wohnung nicht, sondern erkundigte sich nach seinem Zustand und hörte ihm zu. Es tat mir weh, dass Jan sich so von mir abschirmte, offensichtlich war ich zurzeit nicht die richtige Person für ihn. Wir tauschten uns manchmal aus, wenn Arnie zu mir ins Studio kam. Ehrlicherweise muss ich gestehen, dass ich es oft leid war, immer nur von diesen Negativnachrichten zu hören. In Jans Leben hatte es immer wieder Phasen des Rückzugs gegeben. Manchmal ging es ihm anschließend kurzfristig besser, manchmal wurde alles noch schlimmer; mir war klar, dass ich momentan nichts tun konnte, als einfach abzuwarten und auf ein Wunder zu hoffen – ein Wunder, ach, das wäre schön.

Und dann, als die Lage am hoffnungslosesten war, als es aussah, als habe sich Jan festgefahren in seinen Depressionen, seiner Abkehr von der Welt und seinem Kampf mit sich selbst, tauchte ein Lichtstrahl am Horizont auf. Und dieser Lichtstrahl hieß Taschi.

Taschi, sieben Jahre jünger als Jan, war eine außergewöhnliche, mutige und kluge junge Frau. Arnie und sie kannten sich und so tauschten die beiden ihre Wahrheiten über Jan aus. Arnie erzählte Tasch, wie sie auch genannt wurde, von dem so besonderen Menschen Jan. Taschi lebte zu dem Zeitpunkt mit ihrer damaligen Freundin Anna, auf einem dieser alten, wunderbaren Artländer Bauernhöfe, den Anna gekauft hatte. Und Jan besuchte die beiden oft mit seinem Liegerad. So kam es, dass Jan und Taschi sich kennenlernten. Taschi und Anna waren zu dieser Zeit ein Paar, weshalb die Begegnungen zwischen Taschi und Jan auf rein freundschaftlicher Basis stattfanden. Jans Idee, mit den beiden auf diesem Hof zu leben und sich einen Job in der Nähe zu suchen, verlief dann allerdings im Sande. Eine Beziehung war vermutlich so ziemlich das Letzte, an das Jan zu jenem Zeitpunkt dachte, doch aus irgendeinem Grund fasste er Vertrauen zu Taschi. Er besuchte sie regelmäßig, öffnete sich für sie und hin und wieder kam es sogar vor, dass er lachte. Wenn Jan mir von Taschi erzählte, trat in seine Augen immer so ein verschmitztes, jugendliches Lächeln. Mit eben diesem Gesichtsausdruck hängt in unserem Flur ein Foto von Jan. Ich liebte dieses Bild schon immer.

Sie führten lange Gespräche und ich hatte das Gefühl, dass Jan ganz allmählich wieder Kontakt zur Außenwelt aufnahm, dank Taschi und Arnie.

Taschi arbeitete auf der psychosomatischen Abteilung im Krankenhaus und war es gewohnt, etwas andere Menschen nicht als Außenseiter zu betrachten. Von Anfang an hatte sie eine gefühlsmäßige Verbindung zu Jan. Sie nahm ihn ernst, sie hörte ihm zu und schätzte seine Sichtweise auf die Welt. Anders zu sein als alle anderen, hatte Jan mit einer eigenen Perspektive auf die Menschen ausgestattet. Es war, als sei Jan auf einmal nicht mehr allein außerhalb des Stadions. Das war ein wunderbares Geschenk, für das ich nicht genug dankbar sein konnte. Taschi sorgte dafür, dass sich Jan nicht mehr abkapselte. Auf einmal sprach er sogar wieder über seine Zukunft, es gab wieder Licht zwischen den Schatten. Dass daraus Liebe werden würde, ahnten die beiden damals vermutlich selbst nicht. Taschi musste noch ihre Trennung von Anna verarbeiten und Jan war eben so, wie er war. Für beide eine schwierige Zeit in ihrem Leben und das brachte sie dazu, sich nicht nur kennenzulernen und zu stützen, sondern sich schlussendlich, entgegen aller Wahrscheinlichkeiten, ineinander zu verlieben.

Als ich Taschi zum ersten Mal sah, war ich berührt von ihrer Zerbrechlichkeit, hinter der sich eine Stärke verbarg, wie sie nur wenigen Menschen gegeben ist. Ihre empfindliche Künstlerseele wusste, wie viel Schmerz die Welt bereithalten konnte. Dennoch hatte sie sich, in allem was sie tat, für die Liebe zu den Menschen, der Natur und dem Leben entschieden. Das beeindruckte mich tief. Es war schön, dass es sie nun in Jans Leben gab.

Jan

Als ich Tasch zum ersten Mal begegnete, war ich sofort fasziniert von ihr. Sie umgab ein Strahlen, das ich selten zuvor an jemandem gesehen hatte. Für mich war es, als ginge die Sonne nach einer langen Nacht auf, wenn ich in ihrer Nähe war. An eine Beziehung mit ihr zu denken, kam mir am Anfang nicht in den Sinn. Ich war viel zu sehr mit mir selbst beschäftigt und einfach froh, dass es jemanden gab, der mir zuhörte, der mich verstand und mich nicht in eine Schublade steckte. Ich bewunderte Tasch für ihre Kreativität, für die Klarheit ihrer Gedanken, für ihren Mut und ihren starken Willen. Sie hatte in ihrem Leben schon so viel erreicht. Verglichen mit meinem eigenen Werdegang, kam es mir vor, als sei ich in allem gescheitert, ein hoffnungsloser Fall. Ich begriff selbst nicht, weshalb Tasch mit mir Zeit verbringen wollte, konnte es allerdings sehr genießen. Sie war Grund genug, morgens aufzustehen, mit dem Fahrrad zu ihr zu fahren, gemeinsam den Tag zu verbringen und mich nicht nur über meine Probleme mit ihr zu unterhalten, sondern über alles Mögliche. Sie interessierte sich für viele Dinge und sagte kluge Sachen. Ob mit mir etwas nicht stimmte oder was in meiner Vergangenheit passiert war, interessierte sie zumindest erstmal nicht, obwohl sie, wie sie mir viel später erzählte, von mehreren Leuten regelrecht vor mir gewarnt worden war.

»Jan ist ein Psycho«, hatten sie ihr gesagt, doch Tasch hatte keine Angst oder Vorurteile mir gegenüber. Wie bei Arnie, war es, als könnte sie mein wahres Ich sehen, jenes, zu dem ich selbst schon lange keinen Zugang mehr hatte, nach dem ich so verzweifelt auf der Suche war. Tasch schenkte den Gerüchten keinen Glauben, es interessierte sie nicht, was andere über mich sagten, denn sie machte sich die Mühe, mich wirklich kennenzulernen. Das war ein unfassbar schönes Gefühl.

Als Tasch sich von ihrer Freundin trennte und sich eine kleine Wohnung in unserer Stadt suchte, verbrachten wir noch mehr Zeit miteinander. Trennungen sind ja immer eine wunde Zeit und brauchen viele Gespräche, um den Kummer zu verarbeiten. Das war es, was wir taten. Reden und Spazieren gehen mit ihrem tollen weißen Schäferhund. Wir genossen die Nähe, ohne vom anderen eine Gegenleistung zu erwarten. Meine Selbstzweifel begleiteten mich natürlich ständig. War ich es wert, etwas so Wunderbares erleben zu dürfen? Was hatte ich schon vorzuweisen? Doch Tasch verstand es, mir immer wieder aufs Neue zu zeigen, wie viel ihr an mir lag und dass sie meine Gesellschaft und meine Freundschaft wirklich schätzte. Das war ein unvergleichliches Gefühl.

Ich wusste nicht recht, wie ich reagieren sollte, als ich irgendwann feststellte, dass ich für Tasch mehr empfand als nur Freundschaft. In diesen Dingen hatte ich überhaupt keine Erfahrung. Ich konnte die Konsequenzen, die sich daraus ergeben würden, nicht einschätzen. Würde ich mit dieser Wahrheit vielleicht sogar unsere Freundschaft und das, was uns beide so stark verband, aufs Spiel setzen?

Nach einem dieser tiefsinnigen Gespräche,

sprach Taschi die Worte aus, vor denen ich in den tiefen meiner Seele am meisten Angst hatte.

»Ich möchte gerade einfach keine Beziehung«, brachte sie heraus. »Ich habe mir selbst versprochen, mich nicht direkt auf eine neue Beziehung einzulassen und ich möchte mich erst mal auf mich selbst konzentrieren. Meine Zukunft voranbringen und Dinge tun, ohne mich von jemandem abhängig zu machen.«

Mit anderen Worten, sie wollte mich einfach nicht. Das wars jedenfalls, was bei mir ankam. Selbst verliebt zu sein und vom anderen abgelehnt zu werden, war schon harter Tobak für mich. Also hielt ich vorläufig meine Offenbarung zurück, atmete tief durch und besann mich auf erlernte Verhaltensregeln aus meiner Therapie. Ich wollte auf keinen Fall in Gedanken verfallen, die mir suggerierten, nicht gut genug zu sein.

Taschi milderte ihre Absage noch etwas ab, indem sie sagte »Bitte, lass uns einfach erst mal so weitermachen wie bisher.« Zwar fragte ich mich, wie das funktionieren sollte, aber ich konnte gut damit leben.

Nach diesem Gespräch war ich ziemlich

geknickt. Ich hatte einen Korb bekommen, von der Frau, von der ich wusste, dass sie für den Rest meines Lebens die »Eine« sein würde. Nur wenn ich mit ihr zusammen war, spürte ich wirkliches Leben, überlebte nicht nur von Tag zu Tag. Aber wie konnte ich ihr das jetzt noch sagen?

Mit Taschi konnte ich Pläne schmieden, unbeschwert sein; angstfrei in die Zukunft blicken. Was andere an mir seltsam fanden, das mochte sie. Das war das schönste Gefühl überhaupt. Ich war verliebt in ihr Lachen, in ihre Stimme, in ihre Gesten, in das warme Licht, das sie umgab. Die Male, die ich vorher verliebt gewesen war, waren kein Vergleich zu diesen tiefen Gefühlen. Das mit ihr, das war das Echte, Wahre – the real deal, wie man im Englischen sagt. Obwohl sie meine Gefühle, in irgendeiner Form, zu erwidern schien, war sie für mich unerreichbar. Ich war beschädigt, nicht normal, hasste mich dafür, dass ich nicht ganz war, dass ich nicht stark genug war, um ihr die Sicherheit zu vermitteln, nach der sie sich sehnte. Vielleicht merkte Taschi auch, dass sich zwischen uns etwas sehr Starkes, Tiefes befand, was sich langsam entwickeln musste. Etwas, dass unser ganzes Leben auf den Kopf stellen würde, wenn es zu schnell hochkroch. Davor wollte sie uns sicher beschützen.

Eigentlich rechnete ich damit, dass Tasch nach diesem Gespräch auf Abstand zu mir gehen würde, doch seltsamerweise tat sie das nicht. Wir zwei zogen uns an wie Motten vom einzigen Licht in einer mondlosen Nacht.

Gemeinsam fuhren wir für fünf Tage nach München, besuchten Freunde von ihr und erlebten eine echt tolle Zeit. Mit Tasch fühlte ich mich lebendig, alles machte wieder Freude, die Farben strahlten heller und die Welt und das Leben schienen wunderbar.

Im Rückblick kann ich selbst nicht mehr genau sagen, wie und weshalb sich die Dinge so entwickelten, wie sie es taten, wir ließen es einfach geschehen. Wir sprachen ununterbrochen darüber, was da zwischen uns ablief und es wurde immer klarer, dass wir zusammengehörten.

Davon, dass Tasch eigentlich keine Beziehung wollte, war keine Rede mehr. Wir verbrachten immer mehr Zeit miteinander und teilten unsere Erlebnisse. Es funktionierte einfach.

Tasch übernachtete bei mir, wir kuschelten und es fühlte sich so vertraut an. Nie zuvor in meinem Leben war ich je so glücklich gewesen, wie in jenen Momenten. Eines Tages schaute sie mich an und sagte mir, dass sie mich liebte. Diesen Augenblick werde ich niemals vergessen. Das jähe, ungezähmte Glück, das bei ihren Worten durch mich hindurch schoss, fühlte sich an wie pures Licht. Ich war überwältigt, dass es möglich war, so etwas zu empfinden. Zum ersten Mal verstand ich, weshalb Menschen für die Liebe alles taten, warum es all diese albernen Liebeslieder und Filme gab. Liebe ist die größte Macht auf Erden und es kam mir so vor, als wollte mich das Leben mit dieser Liebe dafür belohnen, dass ich vieles so lange Zeit ertragen und ausgehalten hatte.

Eine Nachricht, die alles verändert

Jan

Tasch und ich waren glücklich. Für einander da zu sein, war das Schönste, was es gab. Einen einzigen Schatten hatte unsere gemeinsame Beziehung allerdings. Obwohl ich Tasch über alles liebte und unendlich begehrte, klappte es beim Sex einfach nicht. Bisher war ich viel zu sehr mit meinen Problemen beschäftigt gewesen, um mir Gedanken über meine Libido zu machen. Doch jetzt fiel mir zum ersten Mal in aller Deutlichkeit auf, dass da etwas nicht stimmte. Eine Zeitlang schob ich es auf das Trauma, das in mir drin noch immer existierte, doch irgendwann begriff ich, dass die Ursache woanders liegen musste. Tasch reagierte mit so viel Verständnis und Liebe, wie man es sich von einer Frau nur wünschen konnte, und dafür liebte ich sie noch mehr. Sie ermutigte mich, zum Arzt zu gehen und mich untersuchen zu lassen. Nach anfänglichem Zögern holte ich mir einen Termin. Dass meine Urologin eine Frau war, machte es nicht leichter, doch ich tat es für Tasch, für unsere Beziehung.

Als ich vor der Ärztin die »Hosen runterließ«, fielen ihr sofort meine auffällig kleinen Hoden auf. Sie fragte mich, ob das schon irgendeinem anderen Arzt jemals aufgefallen sei, was ich verneinte. Die ganze Sache war mir furchtbar unangenehm. Ich hatte noch nie über die Größe meiner Hoden nachgedacht und vor allem nicht darüber, dass das ein Indiz für »Hier stimmt etwas nicht« sein sollte.

Meine Ärztin veranlasste eine Reihe von Tests und schließlich stand das Ergebnis fest: Ich litt unter dem Klinefelter-Syndrom, einer Chromosomenveränderung, die dafür sorgte, dass ich ein X-Chromosom zu viel hatte. Dieses »X« zu viel in meiner Chromosomenkette ließ die Testosteronproduktion meines Körpers auf null sinken.

Als die Ärztin mir das Testergebnis vorlegte, war ich völlig verwirrt. Was sollte das bedeuten? Eine angeborene Krankheit? So etwas wie eine Behinderung? Ich hörte, wie die Ärztin weitersprach, doch ihre Worte schienen von ganz weit herzukommen. Ich bat sie, noch einmal von vorne anzufangen. Sie erklärte mir, dass

Testosteronmangel zu einer Reihe von weiteren Problemen jenseits von Sexualität führe, vor allem zu Depressionen, Müdigkeit und Antriebslosigkeit. Ich konnte das alles nicht fassen und versuchte, zu verarbeiten, was sie mir da in einem für Ärzte typisch nüchternen Tonfall und mit knappen Sätzen eröffnete.

»Was bedeutet das?«, fragte ich, nach Klarheit in meinem Kopf suchend.

»Diese Erkrankung, dieses Syndrom, ist unheilbar. Aber mit der künstlichen Gabe von Testosteron ist sie sehr gut behandelbar. Nur eine Sache lässt sich nicht ändern. Sie werden auf natürliche Weise keine Kinder zeugen können. Es gibt die Möglichkeit, vor der Behandlung mit Testosteron in einer Operation Spermien direkt aus Ihrem Hoden zu entnehmen, so dass diese später bei einer künstlichen Befruchtung eingesetzt werden können. Bis dahin müssen diese eingefroren werden. Die Kosten dafür übernimmt die Krankenkasse nicht. Diese Entscheidung müssen Sie treffen, bevor Sie mit der Testosterontherapie beginnen, denn danach werden Ihre Hoden keine Spermien mehr produzieren.«

Die Welt um mich herum schien sich bei ihren Worten immer schneller zu drehen. Ich war wie vom Schlag getroffen. Tausend Gedanken schossen mir durch den Kopf, die ich noch nicht geordnet hatte, als ich Taschi zu Hause mit den Worten: »Du hast einen ganz besonderen Freund« begrüßte und von meinem seltsamen Arztbesuch berichtete. Aufgrund ihres Berufes hatte Tasch, bemerkenswerterweise, schon mit Patienten zu tun gehabt, die unter dem Klinefelter-Syndrom, auch XXY-Syndrom, litten und sie begriff die Bedeutung dessen, was ich ihr mitteilte, schneller als ich und nahm mich in den Arm. Ich brach in Tränen aus. Tasch hatte mit mir so oft über ihren Wunsch, irgendwann einmal Kinder zu wollen, gesprochen und nun wurde mir klar, dass das mit mir als Partner nur schwer möglich sein würde. Die Angst, Tasch zu verlieren, war so intensiv, dass sie alles andere, was in Zusammenhang mit meiner Diagnose stand, völlig überschattete – selbst die gute Nachricht, dass sich die Beschwerden gut therapieren ließen. Doch wieder reagierte sie großartig. Sie sagte mir, dass es für sie nicht wichtig sei, ob unser gemeinsames Kind unser leibliches sei und beruhigte mich damit, dass es viele Möglichkeiten gebe, auch ohne »funktionierendes« Sperma, Eltern zu werden. Aus meiner Angst wurde erneut Glück und überflutende Liebe. Jetzt erst begann ich ganz allmählich zu begreifen, was die Diagnose der Ärztin wirklich für mich und meine Zukunft bedeutete.

Nach einigen zusätzlichen Tests konnte die Testosterontherapie beginnen. Aufgrund der hohen Kosten entschieden Tasch und ich uns dagegen, Sperma einzufrieren, denn ich wollte so schnell wie möglich mit der Testosteronbehandlung loslegen. Die Ärztin erklärte mir, dass das Klinefelter-Syndrom eine variable Kombination sehr verschiedener Symptome aufzeigt. Da meine äußeren Merkmale nicht unbedingt typisch sind, wie bei anderen Klinefelter-Patienten, war vorher niemand auf den Gedanken gekommen, mich testen zu lassen. Noch dazu wissen viele Ärzte nicht über die Existenz dieses Syndroms Bescheid, geschweige denn, woran man es erkennt.

Die Testosteron-Behandlung schlug sofort

an. Innerhalb von sechs Monaten veränderte sich mein Leben von Grund auf. Ich verlor über zwanzig Kilogramm Gewicht. Meine Depressionen und meine Antriebslosigkeit verschwanden und ich hatte das Gefühl, als fuhr ich endlich nicht mehr mit angezogener Handbremse durch diese Welt. Auf einmal waren da wieder Energie und Motivation. Zum ersten Mal fühlte ich mich wie ich selbst, komplett. Es ist schwer, diese Veränderung in Worte zu fassen. Die meisten Leser dieser Geschichte können sicher die große Diskrepanz zwischen erfahrenen, eigenen Gefühlen und der Frage, wer man eigentlich ist, nicht nachvollziehen. Eine lange Zeit scheinbar unüberwindlicher Probleme hatte sich einfach aufgelöst und es lichtete sich in atemberaubender Geschwindigkeit die Dunkelheit, die mich so lange Zeit, fast mein gesamtes Leben lang, umgeben hatte. Mit einem Mal hatte ich Zugang zu mir selbst. Die Tiefe und Komplexität meiner Gefühle war völliges Neuland für mich. Früher hatte ich nur die Spitzen, die Extreme mitbekommen, jetzt aber war ich in der Lage, all die Feinheiten zu verstehen, die ich sonst nur aus den

Beschreibungen anderer kannte. Auf einmal war da so viel. Es gab Momente, in denen ich mich, völlig grundlos, wie berauscht fühlte vom Glück.

Zum ersten Mal in meinem Leben fühlte ich mich wirklich lebendig, angekommen in meinem eigenen »Sein«.

Begleitend zu der Testosteron-Behandlung besuchte ich wieder Carsten, für eine weitere ambulante Therapie, um das, was ich erlebt hatte, zu verarbeiten. Und das war eine ganze Menge. All die verletzten Gefühle, die verdrängten Erinnerungen, wurden nach oben gespült und drohten beinahe, mich zu überwältigen. Hinzu kam nach der ersten Freude und Erleichterung auch die Gewissheit, dass mir eine große Ungerechtigkeit widerfahren war. Jahrelang in dem Bewusstsein zu leben, dass mit mir etwas nicht stimmte, dass ich mit meiner Art nicht gesellschaftsfähig war, dass ich als Psycho angesehen wurde. Und niemand hatte sich die Mühe gemacht, ein körperliches Problem auch nur in Erwägung zu ziehen. Mir hätte mit so einfachen Mitteln geholfen werden können. Das tat echt weh.

»Dein Körper hat erst jetzt die Energie, all die verdrängten Traumata aufzuarbeiten, die du schon so lange Zeit mit dir herumschleppst«, erklärte mir mein Therapeut. Eine Zeit lang erlebte ich intensive Flashbacks, in denen ich so von Angst und negativen Gefühlen gepackt wurde, dass ich mich, zu keiner Bewegung fähig, wie ein Embryo auf dem Boden zusammenrollte. Gefühlt für Stunden (in Wirklichkeit nur ein paar Minuten) verlor ich jegliche Kontrolle über meinen Körper. Zwar ließen diese »Überfälle« später nach, aber anfangs machten sie mir riesige Angst. Während dieser Flashbacks bahnten sich die Bilder und Erlebnisse aus dem Missbrauch mit Macht einen Weg in mein Bewusstsein, als wollten sie jetzt endlich gesehen und verarbeitet werden. Dank Taschis Hilfe, lernte ich damit umzugehen.

Im Oktober 2016, es war ein Tag wie jeder andere, kam ich nach Hause und fand meinen Sohn im Wohnzimmer weinend auf dem Sofa vor. In den Monaten zuvor hatte ich ihn nur wenig zu Gesicht bekommen, doch bei Tasch war er gut aufgehoben und so war ich in einen Zustand gelassenen Abwartens getreten. Jan schien es den Umständen entsprechend gut zu gehen. Als ich sein verweintes Gesicht sah, ahnte ich Schlimmes.

»Mama«, sagte er zu mir. »Ich kann keine Kinder zeugen.«

Es vergingen einige Augenblicke, bis ich verstanden hatte, wovon er sprach, und ich begann sofort, ihn mit Fragen zu löchern. Jan erzählte mir, aus welchen Gründen er zum Arzt gegangen war, welche Diagnose er erhalten hatte und was sie bedeutete. Während ich ihm zuhörte, rasten meine Gedanken und Gefühle durch meinen Kopf und mir wurde immer klarer, was er da sagte. Auf den Winter folgte der Frühling und es fielen die ganzen Jahre des Fragens und des Leidens in wenigen Augenblicken von mir ab. Er dachte zuerst, dass ich aus Traurigkeit weinte, doch in Wahrheit waren es Tränen der Erleichterung. Endlich, endlich hatten wir die Erklärung für die Ursache von Jans Problemen, nach der ich nun schon fast drei Jahrzehnte lang suchte. Da war sie, die Bestätigung meiner

Intuition, dass es weder an mir noch an ihm lag, dass er sich so schwergetan hatte in seinem Leben. Jetzt hatten wir es schwarz auf weiß. Die Tür, die die ganze Zeit fest verschlossen gewesen war, stand nun weit offen. Das fehlende Puzzleteil war endlich gefunden. Mit Verwunderung und Freude sah ich zu, wie Jan sich in einen neuen Menschen verwandelte. Er wurde zu einem fröhlichen, motivierten und kontaktfreudigen jungen Mann, der Ideen und Pläne hatte. Plötzlich interessierte Jan sich für so vieles und konnte das Leben und sein Glück mit Tasch genießen.

Während ich erlebte, in welch rasender Geschwindigkeit sich Jan unter der Testosteron-Therapie veränderte, kam ich oft nicht über mein Unverständnis hinweg, dass niemand in all den Jahren auf die Idee gekommen war, Jan auf das Klinefelter-Syndrom zu testen. Die ganzen Pädagogen, Ärzte, Psychologen und Psychiater hatten dieses Syndrom scheinbar nicht in ihrem Repertoire, obwohl es relativ häufig vorkommt. Ich stürzte mich in Recherchen, wollte alles über diese »Krankheit« wissen, die meinen Sohn um seine ganze Jugend und fast um sein Leben gebracht hatte. Zu meinem Erstaunen musste ich feststellen, dass es nur sehr wenige Studien und kaum Forschung zum Klinefelter-Syndrom gab. Deutschsprachige Literatur existierte so gut wie gar nicht, einige der Aussagen widersprachen sich sogar.

Durch diese Diagnose wurde unsere Familie von einem Wirbelsturm des »Neu Werdens« erfasst und wollte erst einmal integriert werden. Was am Ende blieb, war eine große Dankbarkeit darüber, dass es für Jan noch nicht zu spät gewesen war und er jetzt endlich genau das Leben leben konnte, welches er sich immer gewünscht hatte. Wir erfuhren ein Wunder, als wir es am wenigsten erwartet hatten – das teilte ich mit allen, die mich fragten. Und ich schickte Dankeshymnen an das große Ganze, von dem ich glaube, dass wir ein Teil davon sind.

Jan und Tasch zogen gemeinsam nach Osnabrück. Tasch hatte einen beruflichen Traum, den sie verwirklichte, und auch Jan orientierte sich neu. Im Vergleich zu dem, was bereits hinter ihm lag, schien die Zukunft sich nun wie eine goldene Straße vor ihm auszubreiten, auch wenn es viele Herausforderungen zu meistern gab. Der Umgang mit seinen neuen Gefühlen war für Jan nicht leicht und es gab immer noch Erlebnisse aus seiner Vergangenheit, die ihn verfolgten und belasteten. Das Gefühl, nicht gut genug zu sein, anders zu sein als alle anderen, ist tief in ihm verwurzelt und es wird seine Zeit dauern, bis es endgültig verschwindet, sofern das überhaupt möglich ist. Es ist über die Jahre zu einem Teil seiner Identität geworden, seiner Wahrheit über sich selbst.

Ob und wann dieses »Ich« von Jan sich auflösen wird, müssen wir dem Lauf des Lebens überlassen. Unser Vertrauen zueinander hat uns bis hierhergebracht und soll nun auch den weiteren Weg bestimmen.

»Ich bin jetzt auf Entdeckungsreise«, sagte er einmal zu mir. »Manchmal begegnet mir etwas und ich weiß gar nicht, was das für ein Gefühl ist. Früher war da oft einfach gar nichts, nur diese Leere. Ich finde jetzt erst heraus, mit welcher Vielfalt an Emotionen ich ausgestattet bin und was sie mit mir und der Welt da draußen zu tun haben.«

Die Arbeit an sich und an seiner Vergangenheit geht für Jan weiter, doch ich bin unfassbar stolz auf alles, was er bereits geschafft hat, dass er all die Jahre durchgehalten und einfach weitergemacht hatte, auch wenn alle Hoffnung längst verschwunden war. Das erfordert gewaltigen Mut und noch größeren Willen. Umso schöner ist es, ihn mit Taschi so glücklich und endlich angekommen zu sehen.

Am 21.12.2017 heirateten Taschi und Jan. Auch für mich war das einer der glücklichsten Tage meines Lebens. Meinen großen Sohn, mein Sorgenkind, zu sehen, wie er da in seiner ganzen erwachsenen Männlichkeit stand und in seine Zukunft schritt, mit einer wundervollen Frau an seiner Seite, mit so viel Mut für die Zukunft in seinem Herzen, da flossen die Tränen unaufhaltsam. Innerhalb weniger Monate war aus Jan ein völlig neuer Mensch geworden.

Diagnose: Klinefelter-Syndrom

Das Klinefelter-Syndrom

Das Klinefelter-Syndrom, auch XXY-Syndrom genannt, wurde 1959 von dem amerikanischen Arzt Harry F. Klinefelter entdeckt. Er wurde auf die Chromosomenstörung aufmerksam, weil er einen Zusammenhang von Brustwachstum bei jungen Männern und stark verminderter Fruchtbarkeit feststellte und begann, nach der Ursache zu forschen. Es sollte mehr als 16 Jahre dauern, bis er dem Geheimnis der Chromosomenstörung auf die Spur kam: Die Zellkerne der Betroffenen wiesen ein zusätzliches X-Chromosom auf. Betroffen sind ausschließlich Männer. Es handelt sich um die häufigste Chromosomenstörung, auch Chromosomen-Aberration genannt, bei Männern, allerdings wird sie aufgrund des geringen Bewusstseins ihrer Verbreitung nur bei rund 10 bis 15 Prozent der Betroffenen diagnostiziert. Statistisch gesehen ist jeder 500. Mann betroffen. Sie ist der häufigste Grund für Zeugungsunfähigkeit beim Mann.

Von einer Chromosomen-Aberration spricht man, wenn die Anzahl oder die Struktur der Chromosomen gestört ist. Chromosomen sind die Träger unserer Erbinformationen, die wir je zur Hälfte von unseren biologischen Eltern bekommen.

Menschen haben normalerweise 46 Chromosomenpaare, die sich zu 23 Chromosomenpaaren verbinden. Eines dieser Chromosomenpaare bestimmt über das Geschlecht. Frauen haben 46 XX, Männer 46 XY. Ein X-Chromosom erhalten Kinder von ihrer Mutter, das Spermium des Vaters fügt entweder ein X- oder ein Y-Chromosom hinzu.

Das Geschlechtschromosom bestimmt die geschlechtliche Entwicklung, wie Hormone, äußere und innere Geschlechtsmerkmale und Fortpflanzungsorgane. Das beeinflusst die geschlechtliche Entwicklung, Sexualität und die Fortpflanzung. Zusätzlich hat das Chromosom 46 Einfluss auf die Körpergröße. Durch das zusätzliche X-Chromosom kommt es zu einer Störung der Testosteron-Produktion in den Hoden. Testosteron ist nicht nur ein

Geschlechtshormon, sondern spielt auch im Stoffwechsel des Körpers eine wichtige Rolle.

Keine Erbkrankheit

Das Klinefelter-Syndrom entsteht, weil der Ablauf der elterlichen Chromosomenteilung, der Meiose, spontan gestört wird. Die Meiose ist eine besondere Form der Zellteilung, die nur bei der Befruchtung einer Eizelle durch das Spermium stattfindet. Normale Körperzellen teilen sich immer so, dass beide Chromosomen weitergegeben werden. Die Störung der Meiose tritt aus bisher unbekannten Ursachen spontan auf, das heißt, es handelt sich nicht um eine Erbkrankheit und lässt sich vor einer Schwangerschaft auch nicht ausschließen. Was man bisher weiß, ist, dass das Klinefelter-Syndrom häufiger bei Müttern auftritt, die über 35 sind. Deshalb wird diesen Müttern geraten, eine eventuelle Chromosomenstörung schon vor der Geburt durch eine Pränatal Diagnose feststellen zu lassen.

Das bedeutet, dass das XXY-Syndrom nicht

erblich bedingt ist, sondern aus bisher noch unbekannten Ursachen entsteht. Dazu gibt es bislang nur sehr wenig Forschung. Es kann sein, dass entweder die Mutter ein zusätzliches X-Chromosom abgibt oder der Vater sein vollständiges XY-Chromosom an das Kind vererbt. Aktuell sucht man nach einer Antwort auf die Frage, ob es einen Unterschied mache, von welchem Elternteil das zusätzliche X-Chromosom stammt. Es gibt weitere, bislang noch weniger erforschte Formen des Klinefelter-Syndroms. Bei rund 80 Prozent der Betroffenen liegt das Chromosom 46 als XXY vor. Allerdings gibt es auch Männer, bei denen ein Teil der Zellen das Chromosom 46 XXY hat und ein anderer Teil hat ein zusätzliches Chromosom 47 XY. Einige wenige haben sogar bis zu vier X-Chromosomen. Wie und warum diese Formen entstehen, ist bisher unbekannt, auch, welchen Unterschied das in der Entwicklung der Betroffenen macht im Vergleich zu der Mehrheit von Klinefelter-Patienten, die das Chromosom 46 XXY tragen.

Die Symptome

Die Symptome des Klinefelter-Syndroms sind vielfältig und können sich individuell unterschiedlich äußern. Deshalb spricht man von einem Syndrom.

Sie zeigen sich sowohl in körperlichen Auffälligkeiten als auch im Verhalten beziehungsweise der Psyche der Betroffenen. Zu den körperlichen Symptomen gehören unterentwickelte Hoden und Zeugungsunfähigkeit. Bei vielen zeigt sich ein Wachstum der Brüste, lange Arme und Beine, Hochwuchs, verringerter Muskeltonus, später Stimmbruch, geringe Körperbehaarung, abgeschwächte oder ganz ausbleibende Pubertät und Rücken- und Haltungsprobleme. Als Folgeerkrankungen zeigen sich Potenzstörungen, Hodenhochstand, eine Vergrößerung der Brustdrüsen, Brustkrebs, Herz-Kreislauf-Erkrankungen, Diabetes, verringerte Knochendichte, Thrombosen, Epilepsie und eine verminderte geistige Entwicklung. Viele haben kleine Hoden, erleben keinen Stimmbruch und zeigen eine eher weibliche Körperfettverteilung. Auch können Blutarmut und Muskelschwäche auftreten. Hinzu können Lernschwierigkeiten und eine verzögerte motorische Entwicklung kommen, sowie eine vergleichsweise geringe Libido. Viele leiden außerdem unter Antriebsarmut, chronischer Müdigkeit, Depressionen, verzögerter Sprachentwicklung und späteren Sprachstörungen. Im Bereich Lernen/Schule spricht man auch von Teilleistungsstörungen. Die Aufmerksamkeitsspanne ist geringer als im Altersdurchschnitt und besonders das Kurzzeitgedächtnis kann beeinträchtigt sein. Legasthenie, Dyskalkulie, Tagträume, ein langsameres Arbeitstempo als Gleichaltrige, weniger Ehrgeiz, Stimmungsschwankungen und Passivität gehören ebenfalls zu den Symptomen. Allerdings gibt es auch positive Besonderheiten von Klinefelter. So zeigen viele eine überdurchschnittlich gute Beobachtungsgabe, können komplexe Sachverhalte gut und schnell erfassen und haben ein auffallend gutes Sozialverhalten. Sie sind sensibel und können sich in andere Menschen hineinfühlen.

In der Schule fallen Jungen mit Klinefelter-Syndrom manchmal durch ein langsames Arbeitstempo und eine sehr geringe Frustrationstoleranz auf, die in Wutattacken gipfeln kann. Bei sportlichen Aktivitäten erschöpfen sie schneller als andere.

Bisher ist über das Klinefelter-Syndrom zu wenig bekannt, um zu erklären, weshalb bei manchen nur einige der Symptome in unterschiedlicher Stärke auftreten, während sich bei anderen gleich eine Vielzahl der Symptome zeigt. Alle Betroffenen leiden allerdings unter Zeugungsunfähigkeit und Testosteronmangel, der jedoch auch von Patient zu Patient unterschiedlich stark sein kann.

Die Diagnose

In der Kindheit zeigen sich häufig nur schwache Symptome des Klinefelter-Syndroms, so dass es in den meisten Fällen nicht diagnostiziert wird. Erst ab der Pubertät zeigen sich deutliche Auffälligkeiten, die auf eine möglicherweise körperliche Ursache hinweisen. Die privat zu zahlende Vorsorgeuntersuchung bei Jugendlichen, die J1, schließt einen Test auf das Klinefelter-Syndrom mit ein.

Vor einem Test wird in einem Anamnese-Bogen abgefragt, ob es Lernschwierigkeiten in der Schule gibt, unerklärliche Erschöpfungszustände oder ein im Vergleich zu Altersgenossen verspäteter oder ausgebliebener Start der Pubertät.

Im Erwachsenenalter ist in den meisten Fällen, wie bei Jan, der unerfüllte Kinderwunsch der Grund, weshalb eine Untersuchung beim Urologen zur Diagnose des Klinefelter-Syndroms führt.

An die Anamnese schließt sich eine körperliche Untersuchung an, die ein besonderes Augenmerk auf die Körperproportionen legt. Hinweise auf ein XXY-Syndrom sind überdurchschnittlich lange Beine und vergrößerte Brüste.

Der Mangel an Testosteron wird durch einen Bluttest festgestellt. Außerdem zeigen die Blutzellen das zusätzliche X-Chromosom.

Pränatal kann eine Fruchtwasseruntersuchung die Chromosomenabweichung aufzeigen. Weniger invasiv ist ein pränataler Bluttest, bei der der werdenden Mutter Blut entnommen wird, das Zellen mit dem Erbgut des Kindes enthält, in denen sich die abweichende Chromosomenzahl bereits feststellen lässt. Die Kosten dafür werden von den Krankenkassen in der Regel nicht übernommen.

Behandlung

Das Klinefelter-Syndrom ist nicht heilbar. Die Störung der Chromosomen als Teil des Erbguts lässt sich nicht korrigieren. Allerdings können die Symptome, wie Jans Geschichte zeigt, durch eine Behandlung mit Testosteron abgemildert werden und bis auf die Zeugungsunfähigkeit sogar fast zur Gänze verschwinden. Die Libido steigert sich, Bartwuchs kommt hinzu, sogar ein verspäteter Stimmbruch kann auftreten, Muskelkraft und Knochendichte wachsen und auch äußerlich nimmt die Maskulinität der Betroffenen zu. Gewichtsverlust kann, wie bei Jan, hinzukommen.

Depressionen und Antriebslosigkeit werden vermindert oder verschwinden sogar ganz. Auch eventuelle Erektionsstörungen verschwinden, und die Anzahl der roten Blutkörperchen steigt, während das Risiko der Herz-Kreislauf-Erkrankungen sinkt.

Testosteron kann als Depot-Spritze im Abstand von mehreren Wochen oder Monaten gegeben werden. Außerdem kann es als Gel auf die Haut aufgetragen werden, was allerdings täglich erfolgen muss.

Nicht in allen Fällen ist der Testosteronmangel so groß, dass der Arzt eine Testosteron-Therapie empfiehlt, allerdings sind die auftretenden Beschwerden nicht immer mit klaren Werten verbunden, können also auch bei höheren Werten auftreten. Laut unseren Informationen werden auch andere Blutwerte abgefragt und vor allem das Wohlbefinden des Betroffenen.

In der Folge müssen die Blutwerte immer wieder kontrolliert werden. Dann können Betroffene, von den regelmäßigen Testosteron-Depotspritzen abgesehen, ein fast normales

Leben führen. Die Unfähigkeit, auf normalem Weg Kinder zu zeugen, führt allerdings bei vielen zu einer starken Belastung. Außerdem haben Betroffene ein 20-mal höheres Risiko, an Brustkrebs zu erkranken; deshalb sind entsprechende Vorsorgeuntersuchungen notwendig.

Je früher das Syndrom erkannt wird, umso größer sind die Chancen, Folgeschäden abzumildern, etwa durch gezielte Förderung in der Schule. Untersuchungen zeigen, dass Patienten mit Klinefelter-Syndrom nicht unter einer verminderten Intelligenz leiden, allerdings Aufmerksamkeits- und Wahrnehmungsstörungen zeigen können und motorisch auffällig sind. Sie brauchen manchmal länger, um Neues zu erlernen und haben Schwierigkeiten, Bindungen mit Menschen einzugehen, weshalb sie manchmal besondere Zuwendung brauchen. Logopädie und Ergotherapie werden ebenfalls empfohlen.

Der Hormonmangel führt bei Betroffenen statistisch gesehen zu einer um rund 11,5 Jahre verringerten Lebenserwartung als bei anderen

Männern. Nach dem, was wir von Jan wissen, ist anzunehmen, dass auch Suizide von Männern ab Mitte 20 nicht nur auf Depressionen als sekundärem Symptom zurückzuführen sind, sondern auch auf ein nicht diagnostiziertes Klinefelter-Syndrom.

Weitere Informationen und Kontaktmöglichkeiten finden sich bei der Selbsthilfeorganisation **Deutsche Klinefelter-Syndrom Vereinigung e.V. - DKSV e.V.** unter https://www.klinefelter.de/

Geleitwort der behandelnden Urologin

Die genaue Ursache des Klinefelters-Syndroms wurde erst 1959 gefunden. Männer mit klassischem Klinefelter-Syndrom haben ein zusätzliches X-Chromosom, so dass sich der Chromosomensatz 47, XXY ergibt. Außerdem gibt es noch Mosaik- und Sonderformen. Das Klinefelter-Syndrom ist keine Behinderung!

Die Häufigkeit schwankt in unterschiedlichen Studienergebnissen zwischen 1:500 und 1:1000 aller männlichen Neugeborenen. Viele Tausend Männer mit Klinefelter-Syndrom leben unerkannt ... Ich wünsche mir, dass die Ärzteschaft häufiger über dieses Syndrom, auch bei oft milder und zum Teil unspezifischer Symptomatik, nachdenkt.

Eine gestellte Diagnose gibt dem Patienten die Möglichkeit, seine besondere Situation zu verstehen, gewisse körperliche Besonderheiten und die Notwendigkeit der Testosteron-Therapie zu akzeptieren, sich selbst zu finden, sich zu verstehen, sich zu akzeptieren ...

Ich freue mich, dass sich das Leben von Jan Schone-Himmelspach durch die gestellte Diagnose und die Therapie, zum Positiven verändert hat, und ich freue mich, dass er zusammen mit seiner Mutter diese Erfahrung mitteilen möchte. Ich hoffe, dass dieses Buch nicht nur das Interesse von Klinefelter-Patienten wecken wird, sondern auch von Ärzten, Pädagogen und Angehörigen beachtet wird.

Ich wünsche Jan ein erfülltes, glückliches, langes Leben und verbleibe; immer zu Diensten.
Herzlichst Natalya Brauckmann FÄ für Urologie, Andrologie, medikamentöse Tumortherapie

Nachwort

Jan

Die gemeinsame Arbeit an diesem Buch war für mich eine intensive Zeit. Stellenweise fühlte ich mich wie in einer Zeitmaschine, die mich zurücktrug zu den dunkelsten und schwierigsten Zeiten meines Lebens. Das Schreiben hat vieles in mir aufgewühlt, vieles, was ich verdrängt und lieber vergessen hätte, und gleichzeitig war es ein weiterer, wichtiger Schritt zur Heilung, auf dem Weg zu dem Menschen, der ich eigentlich bin. Ich lerne mich jetzt, mit Anfang dreißig, erst richtig kennen und entdecke dabei immer wieder Neues.

Für mich ist es erstaunlich, den Zugang zu meinen Gefühlen so, wie ich sie heute wahrnehme, zu erfassen. Ich erlebe alle Abstufungen, nicht nur die Spitzen, und es gibt eine Fülle von noch nie erlebten Emotionen, mit denen ich mich neu arrangieren muss, die ich lernen muss zu leben. Dreißig Jahre lang habe ich sie nicht gefühlt. Mir fehlen die Instrumente, die Tools, um sie einzusortieren, zu verstehen, ihre Bedeutung zu begreifen. Ich bin noch immer damit beschäftigt, Vertrauen darin aufzubauen. Es kommt vor, dass mich meine Gefühle überwältigen und ich völlig hilflos bin.

Vor allem die Frustration und die Selbstzweifel sind noch immer da. Dann ist alles nichtig, was ich bisher erreicht habe, was zählt, ist nur meine Wahrheit, noch immer ein Versager zu sein. Dann stoße ich schnell an meine Grenzen, werde wütend, weine. Für Stunden kann meine Laune dann im Keller sein und nichts und niemand holt mich da raus, wie ein Film, der abläuft, den ich nicht anhalten kann. Ich habe keine Geduld mit mir, erwarte, dass ich alles, wofür andere in kleinen Lernschritten Erfahrungen sammeln konnten, sofort drauf habe, und ich will es nicht hinnehmen, dass ich für manche Dinge einfach noch mehr Zeit brauche.

Jetzt bin ich 32 und muss akzeptieren, dass mein Leben gerade erst begonnen hat. Erst seit der Diagnose und der Behandlung lebe ich wirklich und erkenne in aller schmerzhaften Deutlichkeit, was ich verpasst habe. Jenseits vom Haus am Birkenhain hatte ich nie einen Freundeskreis, eine Clique, ich habe nie Partys gefeiert oder bin gereist, hatte nie eine unbeschwerte Jugendzeit oder eine normale Kindheit ohne Sorgen. Mein bisheriges Leben ist geprägt von Kummer, Verlust, Schmerz und Einsamkeit, einer großen Dunkelheit, in die nur hin und wieder ein Lichtstrahl fiel. Ich vergleiche mich unablässig mit anderen, die nie auf einer Sonderschule waren, die eine Ausbildung abgeschlossen haben, ein Studium, die im Leben etwas erreicht haben und keine Enttäuschung für ihre Eltern sind. Mir wurde mein Leben lang erzählt, dass mit mir etwas nicht stimme, und das habe ich verinnerlicht. Eine solche Programmierung wird man nicht einfach wieder los, auch nicht, wenn die Dinge nun plötzlich anders laufen.

Heute gehe ich nicht mehr um das Stadion herum, sondern bin mittendrin, doch ich habe nicht vergessen, wie es sich anfühlt, ein Außenseiter zu sein, nicht dazuzugehören. Ich lehne die Oberflächlichkeit und die Heuchelei, die die Gesellschaft prägt, in vielen Punkten ab. Materielles ist mir nicht wichtig, dafür aber echte Freundschaft, Verantwortung, Kritik an allem, was Umwelt und Menschen zerstört und uns trotzdem als gut und richtig verkauft wird.

Meine mangelnde Schulbildung ist bis heute ein Problem. Ich habe einfach riesige Lücken, weiß viele Dinge nicht und auch nicht, wie ich sie nachholen kann. Das wird bleiben, zumindest vorerst, ganz gleich, wie sehr sich mein Leben bisher verändert hat. Abschließend kann ich sagen, dass ich trotz allem von tiefer Dankbarkeit erfüllt bin, darüber, dass mir dieses Wunder widerfahren ist.

Viele Jahre später hatte ich ein sehr schönes Gespräch mit Johannes, Jans Bruder, in dem wir uns darüber unterhalten haben, wie es ihm in der Geschichte mit Jan so ergangen ist. Erinnerungen sind, wie wir festgestellt haben, wirklich an Momentaufnahmen und vielleicht sogar Gerüche und kleine Anekdoten gebunden.

Johannes
»Meine ersten Erinnerungen sind mit dem Jugendhaus Landau verbunden. Ich war so fünf oder sechs Jahre alt. Vor meinem Auge taucht ein roter Plastikbär auf, den Jan in seinem Zimmer als

Lampe stehen hatte, die ich total cool fand. Auch an den Blick aus seinem Zimmerfenster in einen etwas wilden Garten, mit einem kleinen Teich, erinnere ich mich gut. Ich habe mich für Jan gefreut, dass er einen so schönen Ausblick hatte. Insgesamt empfand ich die Stimmung im Jugendhaus aber eher bedrückend und der Hofhund flößte mir Angst ein. So gar keine Wohlfühlatmosphäre. Ich habe mir immer vorgestellt, wie Jan den, für mich unvorstellbar langen Weg nach Hause, zu Fuß im Dunkeln zurückgelegt hat. Diese Einsamkeit, die Jan empfunden haben muss, hat mich sehr beschäftigt. Wie oft haben wir mit ihmQua darüber gelacht, wenn wir uns über seine »Fischhände« lustig gemacht haben. Jan hatte immer feuchte, kalte Hände.

Meistens war ich dabei, wenn Mama Jan zu Marcus gebracht hat und ich habe es als Zuflucht für Jan empfunden, dass Marcus sein Freund war.

Jans Andersartigkeit hat mich immer fasziniert. Ich habe ihn als sehr autonom, sehr selbstbestimmt und als meinen großen Bruder gesehen. Seine nicht ganz koscheren Freunde, dieses Flair von Verruchtheit und der Reiz an Grenzüberschreitung, am Verbotenen, dahin habe ich aufgesehen. Zu meinem großen Bruder.

Mit dem älter werden standen natürlich auch die leidvollen Erfahrungen meiner Mutter im Raum. Das, was Jan bei ihr ausgelöst hat, war mein Impuls, eine Rolle einzunehmen, die so etwas Inne hatte wie »am besten ich funktioniere ganz problemlos, damit kann ich das Leid von Mama minimieren und Stress abwenden«. Und – das hat viele Jahre sehr gut »funktioniert«! Es war mir sehr wichtig, dass Jan nicht denken sollte Mama hätte mich lieber als ihn. Jan sollte mich auf keinen Fall negativ sehen. Als Bruder, der von Mama mehr geliebt wird.

Dass Mama dann 2005 so krank wurde, machte die Bewältigung ihrer beiden anderen »Baustellen«, ihr Fitness-Studio und Jan, sehr viel schwerer. Als junger Mensch, der seine Mutter leiden sah, kreisten meine Gedanken viel darum, wie ich ihr helfen konnte. Ich bin so erzogen worden, das Leben immer aus dem Augenblick heraus zu betrachten. Aus der gegebenen

Situation, den nächsten Schritt einzuleiten. Diese Art zu denken, hat sich tief in mir eingeprägt und mich gelehrt, dass es immer weitergeht. Egal wie beschissen es auch gerade läuft. Darüber, dass ich viel mit dem »problemlosen Funktionieren« beschäftigt war, habe ich ein bisschen vergessen, mich um mich selbst zu kümmern. Herauszufinden, welches meine Strukturen sind, welches meine Identität ist. Ich bin früh von zu Hause ausgezogen und hatte eine Menge Zeit, mich zu finden und bin mit allem, so wie es ist, ausgesöhnt.«

Annette

Das Klinefelter-Syndrom ist erst seit Ende der 50er Jahre bekannt. Statistisch gesehen ist jeder 500. Mann betroffen, das sind allein in Deutschland 80.000 Betroffene. Nur rund 10-15 % wissen, dass sie die angeborene Chromosomenstörung haben. Das bedeutet, dass bis zu 70.000 Jungen und junge Männer in Deutschland unter ähnlichen oder noch schwerwiegenderen Problemen leiden als Jan. Bisher gibt es keinen verpflichtenden Test, um die

Chromosomenstörung festzustellen. Eine Zeit lang wurde überlegt, den nur achtzig Euro teuren Test bei Jungen mit in die verpflichtenden U-Untersuchungen aufzunehmen, doch von diesem Gedanken ist man wieder abgekommen. Bislang gibt es kaum Forschung zum Klinefelter-Syndrom, auch Informationen sind nur schwer zu bekommen. Jans Geschichte zeigt, dass die Testosteron-Therapie ein ganzes Schicksal und das der Angehörigen grundlegend verändern und zum Besseren wenden kann. Wenn wir über Jans Diagnose früher Bescheid gewusst hätten, wäre uns viel Leid erspart geblieben und er hätte schon viel früher das Leben leben können, welches er jetzt, seit wenigen Jahren erst, entdeckt hat.

Bis zur Diagnose war ich mir sicher, dass mein Sohn zumindest in Teilen seines Wesens autistische Züge aufwies, dass er deshalb keinen Zugang zu seinen Gefühlen fand und kein Teil der Gesellschaft sein konnte. Als er noch ein Kind war, wünschte ich mir so sehr, dass er Freunde hätte, ein Leben lebte wie andere Jungen auch. Ich schickte ihn auf Freizeiten, meldete ihn in Sportvereinen an, doch Jan kam nirgendwo zurecht, eckte an, hielt sich nicht an Regeln, geriet in Streitereien und sogar in kriminelle Kreise.

Unzählige Stellen, Institutionen, Methoden und Therapiemethoden wurden von uns abgeklappert, auf der Suche nach Hilfe für Jan, doch niemand kam auf die Idee, Jan auf das Klinefelter-Syndrom zu untersuchen, obwohl nach heutigem Kenntnisstand viele Symptome eindeutig darauf hinwiesen. Insbesondere die Verschlechterung ab dem 25. Lebensjahr, die in chronische Erschöpfung und Antriebslosigkeit bis hin zu schwersten Depressionen führte, ist ein typischer Verlauf beim Klinefelter-Syndrom. Stattdessen wurde einzig auf die soziopsychologischen Umstände geachtet. Mir wurde ein pädagogisches Versagen unterstellt und Jan erhielt eine Vielzahl diffuser psychologischer Diagnosen, ohne dass irgendeine Behandlung oder Therapie sein Leid hätte lindern können. Seit zwanzig Jahren ist es möglich, durch einen Blut- oder Spermatest die Chromosomen erkennbar zu machen und damit auch Chromosomenstörungen wie das Klinefelter-Syndrom zu diagnostizieren. Es macht mich wütend, wie viel Zeit und wie viel Energie verloren ging, weil alle davon ausgingen, Jan sei eben das schwer erziehbare Kind einer berufstätigen, alleinerziehenden Mutter.

Was bleibt, ist die Freude und die Dankbarkeit darüber, dass Jan diese schwierigen Zeiten überlebt und nun die Chance hat, endlich das Leben zu leben, das ihm zusteht. Mit diesem Buch möchten wir über das fast gänzlich unbekannte Klinefelter-Syndrom aufklären und ein Bewusstsein dafür schaffen, dass nicht hinter jedem auffälligen Jugendlichen ein Erziehungsproblem steckt, sondern viel zu oft eine nicht erkannte körperliche Ursache. Die Vorstellung, wie viele Betroffene heute ähnlich wie Jan leiden und an sich selbst zweifeln, macht uns sehr traurig. Mit diesem Buch möchten wir dazu aufrufen, jeden Jungen beim geringsten Verdacht auf das Klinefelter-Syndrom testen zu lassen, damit möglichst viele Betroffene früh genug die Therapie erhalten, die unser Leben von Grund auf verändert hat. Letztlich war es die enge Bindung zwischen meinem Sohn und mir, die dafür gesorgt hat, dass er all diese schweren

Zeiten überhaupt überstanden hat. Heute bin ich traurig darüber, dass ich so oft an meinem Sohn gezweifelt habe, dass ich mich von anderen in meinem Blick auf ihn habe beeinflussen lassen, obwohl ich in meinem Herzen wusste, dass Jans Problem weder pädagogisch noch psychisch gelagert ist. Dass Jans Heilung durch jemanden angestoßen wurde, der in der Lage war, ihn so zu sehen, wie er wirklich ist, nämlich durch seine heutige Ehefrau, zeigt, dass die Liebe wirklich Wunder vollbringen kann. Ich bin Taschi jeden Tag aufs Neue dankbar dafür, dass sie sich nicht von den Geschichten und Gerüchten über Jan hat blenden lassen und bis heute uneingeschränkt hinter ihm steht. Sogar das Thema Kinderwunsch haben die beiden auf eine Weise bearbeitet, die meine tiefste Bewunderung erhält.

Wir wünschen uns, dass das Bewusstsein über das Klinefelter-Syndrom in der Öffentlichkeit wächst und in der Zukunft möglichst niemand mehr einen ähnlichen Leidensweg durchlaufen muss wie Jan. Frühe Tests, mehr Forschung und mehr Unterstützung durch Krankenkassen, Schulen und andere Einrichtungen könnten so viel Leid für Jungen und Männer und deren Familien verhindern. Wir hoffen, dass dieses Buch aufrüttelt und dafür sorgt, dass nach dem Lesen etliche Menschen Gewissheit darüber erlangen, ob sie vom Klinefelter-Syndrom betroffen sind.

Unsere Botschaft an die Leser ist: Wenn auch nur der geringste Verdacht vorliegt, investieren Sie das Geld und machen Sie den Test. Es ist nie zu spät, um ein Leben durch eine Diagnose so grundlegend zu verändern, wie wir es erlebt haben. Das Leid, das Jan wirklich ausgehalten hat, kann ich selbst heute, nach dem Schreiben dieses Buches, kaum erfassen. Gleichzeitig ist es auch eine Geschichte darüber, dass die Liebe zwischen Mutter und Kind zu den stärksten Bindungen gehört, die existieren, und deshalb hat es ein doppeltes Happy End. Diese sind im realen Leben selten, doch ich wiederhole es seit Jans Diagnose immer wieder: Liebe kann Wunder vollbringen. Das Leben geht oft seltsame Wege und wir vertrauen darauf, dass alles so, wie es geschehen ist, genau richtig war, sonst wäre dieses Buch sicher nie geschrieben worden.

Es gibt keinen Menschen in meinem Leben, der mich mehr unterstützt und Vertrauen in meine Entscheidungen gesetzt hat als mein Mann Martin. Nicht nur gemeinsam eine Wohnung aufzuräumen, sondern Umzüge zu organisieren, Zimmer zu streichen, Therapien mit mir zu besuchen, Radtouren mit Jan zu machen, all das mit mir durchzustehen, meine Sorgen und Ängste zu teilen, zeigt, dass nicht nur die Liebe zwischen Mutter und Söhnen oder Töchtern eine tragende Säule sein kann. In all den schwierigen Zeiten, die ja nicht nur Jan und ich erlebt haben, stand mir Martin immer mit viel Verständnis zur Seite. Er war es, der meine depressivsten Stimmungen, meine Nöte und Ängste mit mir geteilt und nicht selten meine völlig überdrehten Gedanken in ruhige und aushaltbare verwandelt hat. So mancher Mann hätte vielleicht einfach seinen Hut genommen oder wäre »Zigaretten holen« gegangen. Liebe zeigt sich eben auch in der uneingeschränkten Haltung zu einem Partner, egal was sich ereignet im Laufe einer Ehe. Ich danke Ihnen für Ihr Interesse an unserem Lebensbericht. Im Anschluss an das Erscheinen dieses Buches sind verschiedene Projekte bereits in Planung. Wir, Jan und ich, möchten aufklären, wachrütteln und helfen. Wir freuen uns auf intensive Begegnungen mit unseren Lesern und darauf, noch viele Erzählungen darüber zu hören, wie eine Diagnose nicht nur eines, sondern gleich mehrere Leben verändern konnte.

Annette & Jan Schone/ jetzt Jan Himmelspach
E-Mail xxy@schone.de

*Unser besonderer Dank für die tolle
Unterstützung, gilt den vielen »Guten Geistern«,
die uns während der Entstehung dieses Buches
begleitet haben!*